ディズニー フェアリーズ文庫
22

リリーの
ミラクルパンジー

【作】
キキ・ソープ
【訳】
小宮山みのり
【絵】
ジュディス・ホームス・クラーク
&
アドリエンヌ・ブラウン

講談社

Believing is just the beginning

信じることこそ　すべてのはじまり

ピクシー・ホロウの妖精《ようせい》たち

ネバーランドを知《し》っていますか？

もし、あなたが、右《みぎ》から二番目《ばんめ》の星《ほし》にむかって、まっすぐ朝《あさ》まで飛《と》びつづけたなら、ネバーランドへ行《い》くことができるんですよ。

ネバーランドは魔法《まほう》の島《しま》です。

そこでは、人魚《にんぎょ》たちが遊《あそ》び、だれも年《とし》をとりません。

そんなふしぎなネバーランドへ、いまから、あなたをご案内《あんない》しましょう。


さあ、耳《みみ》をすませてみてください。

どこからか、かすかに鈴《すず》の音《ね》のような音《おと》が聞《き》こえてきませんか？

その音《おと》をたどっていくと、妖精《ようせい》たちの住《す》む谷《たに》、ピクシー・ホロウにつきます。

ピクシー・ホロウは、ネバーランドでいちばんだいじな、秘密《ひみつ》の場所《ばしょ》。

年老《としお》いた大《おお》きなカエデの木《き》がそびえ、ホーム・ツリーとよばれるその木《き》には、何百《なん》という妖精《ようせい》と、男《おとこ》の妖精《ようせい》のスパロー・マンがくらしています。

水《みず》の魔法《まほう》が使《つか》える妖精《ようせい》もいます。風《かぜ》のようにはやく飛《と》べる妖精《ようせい》もいれば、動物《どうぶつ》と話《はなし》ができる妖精《ようせい》もいます。

ここでくらす妖精《ようせい》たちは、だれでも生《う》まれながらに、それぞれのとくべつな才能《さいのう》をもっているのです。

ホーム・ツリーのほど近《ちか》く、サンザシの木《き》の枝《えだ》には、真《ま》っ白《しろ》いハトのマザー・ダブがいます。

マザー・ダブは、ネバーランドでもっとも神秘的《しんぴてき》な存在《そんざい》です。妖精《ようせい》たちが光《ひか》ったり飛《と》んだりするために必要《ひつよう》なフェアリーダストは、マザー・ダブのぬけおちた羽《はね》からつくられます。

マザー・ダブは、たまごをあたためながら妖精《ようせい》たちを見守《みまも》り、妖精《ようせい》たちは、交代《こうたい》でマザー・ダブのお世話《せわ》をします。

マザー・ダブのたまごが安全《あんぜん》に守《まも》られ、無傷《むきず》であるかぎり、ネバーランドでは、だれも永遠《えいえん》に年《とし》をとらないのです。

まえにいちどだけ、マザー・ダブのたまごが、われてしまったことがありました。

でも、そのことはまた、べつの機会《きかい》にお話《はな》しすることにしましょう。

これからはじまるのは、植物《しょくぶつ》の妖精《ようせい》リリーのお話《はなし》です。

ディズニー フェアリーズ文庫

22

リリーのミラクルパンジー

1

さわやかなそよ風《かぜ》がふいている午後《ごご》でした。

池《いけ》のほとりの草《くさ》がそよそよとなびき、ホーム・ツリーの木《き》の葉《は》がさやさや音《おと》をたて、中庭《なかにわ》のサクラソウがゆらゆらゆれています。

風《かぜ》は、妖精《ようせい》やスパロー・マンの羽《はね》をやさしくなでながらピクシー・ホロウをわたり、だれもが幸《しあわ》せな気分《きぶん》で、それぞれの仕事《しごと》にはげんでいました。

植物《しょくぶつ》の妖精《ようせい》のリリー、ただひとりをのぞいて……。

リリーは自分《じぶん》の庭《にわ》にいました。

リリーの庭《にわ》は、ピクシー・ホロウでもっとも美《うつく》しい場所《ばしょ》のひとつです。妖精《ようせい》たちは、ジャスミンやライラック、バラなど、かぐわしい花《はな》のかおりを楽《たの》しんだり、やわらかなクローバーのベッドでくつろぐために、リリーの庭《にわ》にやってきます。

リリーは、庭仕事《にわしごと》のあいまにのんびりねそべって、芝生《しばふ》の葉《は》がほんのすこしずつ生長《せいちょう》していくのを見《み》るのが好《す》きでした。芝生《しばふ》もリリーのやさしいまなざしを感《かん》じると、よろこびがあふれ、はやくのびるのです。

でも、きょうのリリーはうかない顔《かお》で、庭《にわ》の一画《いっかく》にしゃがみこみ、しおれた植物《しょくぶつ》を、そっと掘《ほ》りかえしています。だらりとたれて茶色《ちゃいろ》くなりかけた葉《は》を見《み》て、リリーは顔《かお》をしかめました。

「また失敗《しっぱい》。これで四度目《どめ》だわ……。」

植物《しょくぶつ》によっては、じょうぶに育《そだ》つために、とくべつな愛情《あいじょう》や世話《せわ》を必要《ひつよう》とするものがあります。

ところが、この一画《いっかく》に植《う》えた植物《しょくぶつ》は、いくら愛情《あいじょう》をそそいでめんどうをみても、うまく育《そだ》たないのです。

リリーは掘《ほ》りかえした植物《しょくぶつ》を、新鮮《しんせん》な土《つち》を入《い》れた植木鉢《うえきばち》に植《う》えかえると、はげますように、茎《くき》のまわりをやさしくたたきました。

リリーにとって、元気《げんき》のない植物《しょくぶつ》を見《み》るのは、なによりもつらいことです。リリーはとほうにくれながら、土《つち》がむきだしになった一画《いっかく》を見《み》つめました。

「ここにも育《そだ》つような植物《しょくぶつ》があるといいんだけど……。」

たしかに、ここの土《つち》は砂《すな》まじりで、多《おお》くの植物《しょくぶつ》にとっていい環境《かんきょう》とはいえません。

リリーはそのことを考《かんが》えたうえで、くだものと薬草《やくそう》、それに、二種類《しゅるい》の花《はな》をためしたのですが、どれも根《ね》づかなかったのです。

それでもリリーは、あきらめたくありませんでした。

リリーはトウモロコシの皮《かわ》でできたくつをぬぐと、足先《あしさき》を砂《すな》っぽい土《つち》につっこみました。

土《つち》の感触《かんしょく》から、土《つち》が望《のぞ》んでいることを感《かん》じとることができれば、ここで育《そだ》つ植物《しょくぶつ》がわかるかもしれません。

（こんなふうにかわいた土《つち》を好《この》む植物《しょくぶつ》は？

セージ？　それとも、ローズマリー？

ブラックアイ・スーザンのような、野生《やせい》の花《はな》はどうかしら？）

そこへ、友《とも》だちのバンブルが飛《と》んできました。

バンブルは、リリーの庭《にわ》にすみついている丸々《まるまる》と太《ふと》ったオスのハチです。

考《かんが》えごとに集中《しゅうちゅう》していたリリーは、バンブルがリリーの頭《あたま》のまわりを二周《しゅう》したところで、ようやく気《き》づいて、

「バンブル！　いつ来《き》たの？」

バンブルが花《はな》のなかに頭《あたま》をつっこんで蜜《みつ》を飲《の》むのを見《み》ながら、リリーはまた、考《かんが》えはじめました。

「ねえ、ここに、なにを植《う》えたらいいと思《おも》う？」

バンブルは花《はな》から花《はな》へ、ブンブン飛《と》びまわっています。

そのとき、リリーのおなかが鳴《な》りました。

庭仕事《にわしごと》に夢中《むちゅう》で、お茶《ちゃ》の時間《じかん》になったのも、すっ

かりわすれていました。

リリーは、お茶《ちゃ》を飲《の》みながらみんなとおしゃべりをしてすごすより、庭《にわ》仕事《しごと》をしているほうが好《す》きでした。

でも、きょうは、ちょっと息《いき》ぬきが必要《ひつよう》です。

植物《しょくぶつ》の妖精仲間《ようせいなかま》のアイリスかロゼッタ、あるいは、ほかのだれかに聞《き》けば、ここになにを植《う》えればいいか、わかるかもしれません。

リリーは、もういちどくつをはくと、庭仕事《にわしごと》の道具《どうぐ》を物置小屋《ものおきごや》にしまい、手《て》を洗《あら》って、ホーム・ツリーに飛《と》んでいきました。


ティールームは、すでに、おおぜいの妖精《ようせい》やスパロー・マンでいっぱいで、いつにない熱気《ねっき》につつまれていました。

リリーは植物《しょくぶつ》の妖精《ようせい》のテーブルに飛《と》んでいくと、ケーキを一切《ひとき》れとって、ロゼッタのとなりにすわりました。

「なにかあったの？」

リリーがたずねると、ロゼッタは興奮《こうふん》したようすで、

「ニュース、聞《き》いてない？」

「ニュースって？　わたし、いま来《き》たところなの。

じつは庭《にわ》のことで、ちょっと相談《そうだん》があって……、」

リリーが話《はな》しはじめると、

「ねえ、リリー、聞《き》いた？」

アイリスが、わりこんできました。

「ティンカー・ベルが、新《あたら》しい発明《はつめい》をしたのよ。」

「発明《はつめい》？」

リリーは、部屋《へや》のむこう側《がわ》の、金《かな》もの修理《しゅうり》の妖精《ようせい》のテーブルを見《み》ました。

金《かな》もの修理《しゅうり》の妖精《ようせい》たちが全員《ぜんいん》、立《た》ちあがってティンカー・ベルをとりかこみ、ほかの妖精《ようせい》たちも集《あつ》まっています。

金《かな》もの修理《しゅうり》の妖精《ようせい》は、こわれた道具《どうぐ》を修理《しゅうり》するだけでなく、仕事場《しごとば》にあまっている材料《ざいりょう》を使《つか》って、役《やく》に立《た》つ道具《どうぐ》をつくりだすことでも知《し》られています。

「きっと、ステキな発明品《はつめいひん》よ！」

アイリスがそういって、金《かな》もの修理《しゅうり》の妖精《ようせい》のテーブルのほうへ飛《と》んでいったので、リリーとロゼッタもあとにつづきました。

ティンクのまわりは、新《あたら》しい発明品《はつめいひん》を見《み》ようと集《あつ》まってきた妖精《ようせい》やスパロー・マンでいっぱいでした。

妖精《ようせい》たちの羽《はね》のあいだからのぞくと、ティンクが、きみょうな帽子《ぼうし》をかぶっているのが見《み》えました。

古《ふる》い金属《きんぞく》のティーポットをたたいてつくったような、つばの広《ひろ》い帽子《ぼうし》で、正面《しょうめん》に小《ち》さな丸《まる》い鏡《かがみ》がついています。

「それは、なにをするための帽子《ぼうし》なの？」

リリーのとなりの妖精《ようせい》がたずねると、ティンクは動物《どうぶつ》の妖精《ようせい》のフォーンを手《て》まねきしながら、

「フォーン、ホタルを一匹《ぴき》よんでくれる？　手《て》つだいが必要《ひつよう》なの。」

「グローウィンをよぶわ。」

フォーンはそういって、指笛《ゆびぶえ》を鳴《な》らしました。

ピィーーーッ！

耳《みみ》をつんざくような音《おと》がひびきわたり、まもなくホタルのグローウィンが窓《まど》から飛《と》びこんできました。

フォーンがホタル語《ご》でなにかいうと、グローウィンは、ティンクの帽子《ぼうし》のつばにとまりました。

ティンクは帽子《ぼうし》の向《む》きや角度《かくど》を確認《かくにん》して、フォーンにうなずきます。

フォーンの合図《あいず》でグローウィンがおしりに光《ひかり》をともすと、その光《ひかり》が帽子《ぼうし》についた丸《まる》い鏡《かがみ》に反射《はんしゃ》して、あたりを明《あか》るく照《て》らしました。

その強《つよ》い光《ひかり》に、みんないっせいに、おどろきの声《こえ》をあげました。

前《まえ》のほうにいた妖精《ようせい》たちが、手《て》で目《め》をおおうほどのまぶしさです。

「これは、〝ホタルのライトハット〟よ。」

ティンクが得意《とくい》そうにいいました。

「月《つき》が出《で》ていない夜《よる》に使《つか》うの。あと、つかれたりして全身《ぜんしん》の光《ひかり》が弱《よわ》まったとき、安全《あんぜん》に夜道《よみち》を飛《と》ぶのにいいでしょ。

必要《ひつよう》なのは、この帽子《ぼうし》と友好的《ゆうこうてき》なホタル一匹《ぴき》、それだけよ。」

たちまちティールームは、歓声《かんせい》につつまれました。

なかでも金《かな》もの修理《しゅうり》の妖精《ようせい》たちは大《おお》よろこびで、拍手喝采《はくしゅかっさい》。

ほかの妖精《ようせい》たちも、口《くち》ぐちにティンクをほめたたえます。

「すばらしい発明《はつめい》ね、ティンク！」

水《みず》の妖精《ようせい》のラニーがいうと、洗濯《せんたく》の妖精《ようせい》のリンピアもうなずいて、

「ほんと！」

光《ひかり》の妖精《ようせい》のフィラも、うれしそうに、

「便利《べんり》で、すごく役《やく》に立《た》ちそう！」

月《つき》のない夜《よる》、光《ひかり》の妖精《ようせい》はピクシー・ホロウを照《て》らすために、いつも以上《いじょう》にいっしょうけんめい働《はたら》かなければなりません。この帽子《ぼうし》があれば、らくに仕事《しごと》ができるでしょう。

ティンクがほほえみながら、友《とも》だちのほうをむくと、まぶしい光《ひかり》が何人《なんにん》かの目《め》を直撃《ちょくげき》して、妖精《ようせい》たちはまばたきをしたり、目《め》をそらしたり。

「おっと失礼《しつれい》。」

ティンクは帽子《ぼうし》をぬいで、テーブルの上《うえ》に置《お》きました。

フォーンの指示《しじ》でグローウィンが帽子《ぼうし》から飛《と》びたって、窓《まど》から出《で》ていくと、妖精《ようせい》やスパロー・マンたちは帽子《ぼうし》のまわりにむらがり、つぎつぎとティンクに質問《しつもん》をあびせかけました。

「どこから、このアイディアを思《おも》いついたの？」

フォーンがたずねると、水《みず》の妖精《ようせい》のラニーとシルバーミストが声《こえ》をそろえて、

「わたしたちが使《つか》えるようになるのは、いつ？」

「その帽子《ぼうし》の光《ひかり》は、わたしたち光《ひかり》の妖精《ようせい》のかがやきよりも明《あか》るいのかしら？」

フィラがいえば、フェアリーダストのスパロー・マンのテレンスも、

「おなじ帽子《ぼうし》を、ひとり一個《こ》ずつもらえるのかな？」

ティンクは片手《かたて》をあげて、みんなをさえぎると、

「まあ、そうあわてないで。

これは、あくまでもサンプルよ。おなじ帽子《ぼうし》をたくさんつくるには、時《じ》間《かん》がかかるわ。ここ数日《すうじつ》、金《かな》もの修理《しゅうり》の妖精《ようせい》は仕事《しごと》がたてこんでいて、すごくいそがしいの。」

すると、植物《しょくぶつ》の妖精《ようせい》のアスターが、くすくすわらいながら、

「いそがしいのは、みんな、おなじだと思《おも》うけど。わたしだって、庭仕事《にわしごと》

に夢中《むちゅう》で、ときどき食事《しょくじ》もわすれちゃうくらいだもの。」

多《おお》くの妖精《ようせい》やスパロー・マンたち、そしてリリーも、「そのとおり」と、うなずきました。アスターがいったことは、まさに、リリーが思《おも》っていたことでした。

みんながそれぞれに、山積《やまづ》みになっているやりかけの仕事《しごと》の話《はなし》をはじめると、リリーはロゼッタにささやきました。

「あのね、庭《にわ》に一か所《しょ》、手《て》を焼《や》いている場所《ばしょ》があるの。あなたの意見《いけん》を聞《き》かせてもらえるとうれしいんだけど。」

ロゼッタが答《こた》えるまえに、

「たしかに、いそがしいのは、みんなおなじだわ。」

ティンクの大《おお》きな声《こえ》が、ひびきわたりました。

「だけど、みんなの役《やく》に立《た》つすばらしいアイディアを考《かんが》えだすのは、金《かな》もの修理《しゅうり》の妖精《ようせい》の仕事《しごと》よ！」

そのことばに、ティールームはしずまりかえりました。妖精《ようせい》もスパロー・マンも、なにかいいたげに、おたがいに顔《かお》を見《み》あわせています。

「でも、ティンク。どの才能《さいのう》グループも、すべてが、すばらしいアイディアをもってるわ。」

リリーが思《おも》いきっていうと、ティンクは、

「ええ、それは、そうだけど……。」

前髪《まえがみ》をひっぱって考《かんが》えながら、

「わたしがいいたいのは、つまり……、わたしたち金《かな》もの修理《しゅうり》の妖精《ようせい》は、みんなが使《つか》う道具《どうぐ》を修理《しゅうり》する。

そして、発明《はつめい》する。なにもないところから、みんなのためになるものをつくりだす……それが、金《かな》もの修理《しゅうり》の妖精《ようせい》だっていうこと！」

みんな、だまったまま、ティンクと、そのうしろで気《き》まずそうにしている金《かな》もの修理《しゅうり》の妖精《ようせい》を見《み》つめています。

「それは、みとめるわ。」

光《ひかり》の妖精《ようせい》のフィラが腕組《うでぐ》みをしながら、

「でも、わたしたちだって、みんなで力《ちから》をあわせれば、なにかを発明《はつめい》することができるはずだわ。

その気《き》になって、本気《ほんき》でとりくみさえすれば……ね。」

「わたし、チャレンジしてみる！」

動物《どうぶつ》の妖精《ようせい》のベックが目《め》をかがやかせてさけぶと、洗濯《せんたく》の妖精《ようせい》のリンピアも、

「わたしも！」

「きっとだれもが、すばらしいものを発明《はつめい》できると思《おも》うわ。」

フィラはそういうと、全身《ぜんしん》の光《ひかり》を強《つよ》めて、

「光《ひかり》の妖精《ようせい》は、きらめくような発明品《はつめいひん》を考《かんが》えだしてみせる！」

ティールームに、さっきまでの活気《かっき》がもどってきました。

妖精《ようせい》やスパロー・マンは、それぞれの才能《さいのう》を使《つか》ってできそうな発明《はつめい》について、あれこれ話《はな》しながら、自分《じぶん》たちのテーブルに帰《かえ》っていきます。

リリーも興奮《こうふん》で、光《ひかり》をひらめかせました。

いままで、なにかを発明《はつめい》するなんて、やってみたこともありません。リリーは新《あたら》しいことに挑戦《ちょうせん》するのが好《す》きでした。

発明《はつめい》のアイディアを話《はな》しながら、植物《しょくぶつ》の妖精《ようせい》のテーブルにもどるロゼッタとアイリスのうしろで、リリーは考《かんが》えにふけっていました。

頭《あたま》のなかで、いくつかのアイディアの断片《だんぺん》がうずまきだしています。

ふいに、ひとつのアイディアが、具体的《ぐたいてき》なかたちをとりはじめました。

（これが成功《せいこう》すれば、わたしの庭《にわ》がかかえているトラブルも解決《かいけつ》するし、ほかの植物《しょくぶつ》の妖精《ようせい》たちの庭《にわ》や、ピクシー・ホロウ全体《ぜんたい》の役《やく》にも立《た》つかも……。かんたんに実現《じつげん》できることじゃないけど、時間《じかん》をかけて、こまかい点《てん》をひとつひとつ考《かんが》えていけば、きっとうまくいくわ。)

発明《はつめい》を成功《せいこう》させるには、じっくり考《かんが》えに集中《しゅうちゅう》できる、しずかな場所《ばしょ》が必《ひつ》要《よう》です。

それには、リリーの庭《にわ》ほどふさわしい場所《ばしょ》はありませんでした。

2

リリーは、翌日《よくじつ》とそのまた翌日《よくじつ》の二日間《ふつかかん》、自分《じぶん》の庭《にわ》のやわらかい苔《こけ》の上《うえ》にねそべって、パンジーを見《み》つめてすごしました。

ほかの人《ひと》が見《み》たら、のんびりくつろいでいるか、居眠《いねむ》りでもしていると思《おも》ったことでしょう。

でも、ちがいます。リリーはいっしょうけんめい、発明《はつめい》にとりかかるための下調《したしら》べをしていたのです。

いちばん元気《げんき》に、よく育《そだ》っている株《かぶ》はどれか。

そして、その理由《りゆう》は？

それぞれの花《はな》の生長《せいちょう》に必要《ひつよう》なものは、なにか……。

リリーは何度《なんど》も何度《なんど》も考《かんが》えて、ようやく、ある計画《けいかく》を立《た》てると、三日目《みっかめ》の朝《あさ》に行動《こうどう》を起《お》こしました。

マルハナバチのバンブルは、とつぜんばたばたと働《はたら》きだしたリリーにびっくりして、庭《にわ》のいちばんはしっこの花《はな》へ飛《と》んでいってしまいました。

まず、必要《ひつよう》なものを集《あつ》めなくてはなりません。

パンジーの種《たね》——これは、すでに、じゅうぶんあります。

とくべつな肥料《ひりょう》。

水《みず》——水《みず》は、たくさん必要《ひつよう》です。

リリーは、きのこでつくったじょうろを三つかかえ、植物《しょくぶつ》の妖精《ようせい》の井戸《いど》に飛《と》んでいきました。

井戸《いど》はリリーの庭《にわ》から数分《すうふん》ほどの、バラのしげみの奥《おく》の人目《ひとめ》につかないところにあり、植物《しょくぶつ》の妖精《ようせい》たちのたまり場《ば》になっています。植物《しょくぶつ》の妖精《ようせい》は水《みず》をくみにきては、ここで仲間《なかま》と顔《かお》をあわせ、庭仕事《にわしごと》のことなどを話《はな》しあうのです。

その日《ひ》の朝《あさ》、井戸《いど》にいたのは、アイリスとブルーベルの二人《ふたり》だけでした。ブルーベルは、じょうろに水《みず》をくみ、アイリスはそのかたわらで、いつものように植物《しょくぶつ》ノートを片手《かたて》に、おしゃべりをしていました。

アイリスは、植物《しょくぶつ》の妖精《ようせい》のなかでただひとり、自分《じぶん》の庭《にわ》をもっていません。でも、ほかのだれよりも植物《しょくぶつ》についてくわしく、たくさんの知識《ちしき》をノートに記録《きろく》しているのです。

アイリスはまた、ほかの植物《しょくぶつ》の妖精《ようせい》たちの庭《にわ》にどんな植物《しょくぶつ》があって、どんな状態《じょうたい》か、すべて知《し》っていて、なにかとアドバイスをしています。

でも、きょうのアイリスの話題《わだい》は、庭仕事《にわしごと》のことではなく、発明《はつめい》についてでした。

この三日間《みっかかん》、ピクシー・ホロウは発明《はつめい》の話題《わだい》でもちきりでした。

リリーが井戸《いど》のそばにじょうろを置《お》いて、ブルーベルが水《みず》をくみおえるのをまっていると、

「リリー、聞《き》いた？」

アイリスがいいました。

「動物《どうぶつ》の妖精《ようせい》が、すごい発明《はつめい》のアイディアを考《かん》えたのよ。〃タカよけの笛《ふえ》〃といって、ひと吹《ふ》きでまたたくまに、タカを遠《とお》くに追《お》いはらおうというの。」

リリーは井戸《いど》のバケツを水《みず》でいっぱいにしてひきあげながら、

「それはすばらしいわ。そんな笛《ふえ》があれば、ピクシー・ホロウはずっと安《あん》全《ぜん》になるもの。うまくいくといいわね。」

それは本心《ほんしん》でした。

リリーはヒマワリのようにおおらかで、寛大《かんだい》な心《こころ》のもち主《ぬし》です。それぞ

れの才能《さいのう》グループが、自分《じぶん》たちの才能《さいのう》に誇《ほこ》りをもてるような発明品《はつめいひん》をつくりだしてくれることを、心《こころ》から望《のぞ》んでいました。

ただし、自分《じぶん》がとりくんでいる発明《はつめい》のことは、まだ秘密《ひみつ》。うまくいくことをたしかめるまでは、アイリスにもブルーベルにも、ほかの植物《しょくぶつ》の妖精《ようせい》のだれにも、うちあける心《こころ》の準備《じゅんび》ができなかったのです。

リリーは三つのじょうろに水《みず》を入《い》れると、こぼさないようにゆっくり、自分《じぶん》の庭《にわ》に帰《かえ》っていきました。

(もしアイリスがわたしのアイディアを知《し》ったら、〝タカよけの笛《ふえ》〟みたいに感心《かんしん》してくれるかしら?)

リリーはじょうろを物置小屋《ものおきごや》のかたわらに置《お》くと、こんどはホーム・ツリーに飛《と》んでいきました。

あとひとつ、必要《ひつよう》なものがあるのです。

リリーはとちゅうで、洗濯物《せんたくもの》をほしているリンピアを見《み》かけました。

リンピアもリリーに気《き》づくと、

「おはよう、リリー。発明《はつめい》は、はかどってる？」

リリーは返事《へんじ》につまりました。

（まだ、ちゃんと話《はな》せる段階《だんかい》じゃないし……。

でも、アイディアがあるってことくらいは、いってもいいかな。）

「じつは、ひとつ、考《かん》えてることがあるんだけど、うまくいくかどうか、まだわからないの。」

そのとき、リンピアの目《め》がきらっと光《ひか》ったのを見《み》て、リリーは、リンピアもおなじ質問《しつもん》をしてほしいのだとわかりました。

「あなたはどう？」

リリーが聞《き》くと、リンピアはうれしそうにうなずいて、

「自慢《じまん》するわけじゃないけど、きのう、これまでにない新《あたら》しい漂白洗剤《ひょうはくせんざい》をつくったの。

なにもかも、真《ま》っ白《しろ》に洗《あら》いあげるのよ。」

「リンピア、すごいじゃない！

わたし、ネコヤナギのシャツをブルーベリーのしみだらけにしちゃって、こまってたの。そんな洗剤《せんざい》があったら助《たす》かるわ。」

リリーは友《とも》だちを誇《ほこ》らしく思《おも》いました。

動物《どうぶつ》の妖精《ようせい》の〝タカよけの笛《ふえ》〟とおなじく、リンピアの新《あたら》しい漂白洗剤《ひょうはくせんざい》も、大《おお》いにピクシー・ホロウの役《やく》に立《た》つことでしょう。

「われながら、いいアイディアだったわ。きっとティンクも、よろこんでくれると思《おも》うの。」

「ほんとね。」

そういいながらも、リリーは思《おも》いました。

（はたしてティンクは、みんながすばらしい発明《はつめい》をすることを、よろこぶかしら？

ティンクは、発明《はつめい》を自分《じぶん》だけのものにしておきたいんじゃないかしら？）

「こんど、わたしの新《あたら》しい洗剤《せんざい》のすばらしさを、お見《み》せするわね。

リリー、あなたもがんばって。あなたの発明《はつめい》について聞《き》かせてもらえる日《ひ》が、まちどおしいわ！」

リリーはリンピアに手《て》をふって、ホーム・ツリーのキッチンの食料庫《しょくりょうこ》にむかいました。

頭《あたま》のなかで、作業《さぎょう》の手順《てじゅん》をくりかえし確認《かくにん》しながら、

（だいじょうぶ、きっとうまくいくわ。）

おもわずほほえみがこぼれます。

リリーは食料庫《しょくりょうこ》に着《つ》くと、スパイスがならんでいるたなに飛《と》んでいきました。

すこしくらいスパイスをもらっても、パンとお菓子《かし》づくりの妖精《ようせい》は、気《き》にとめないでしょう。リリーはすぐにお目《め》あてのスパイスを見《み》つけ、草《くさ》で

編《あ》んだポーチに入《い》れて、自分《じぶん》の庭《にわ》に帰《かえ》りました。

さっそく材料《ざいりょう》の準備《じゅんび》です。

パンジーの種《たね》が入《はい》ったドングリの殻《から》のボウル。

水《みず》。

スパイスの入《はい》ったポーチ。

そして、フェアリーダスト。

それらをすべて、リンゴの木《き》の木《こ》かげに運《はこ》び、地面《じめん》にひろげました。

それから一時間《じかん》ほど、リリー

は、種《たね》とスパイスをまぜて、水《みず》を加《くわ》え、またまぜては水《みず》を加《くわ》えるという作《さ》業《ぎょう》をつづけました。

ときどきフェアリーダストをふりかけ、目《め》をとじて種《たね》の気《き》持《も》ちを感《かん》じとりながら、またまぜて、水《みず》を加《くわ》えます。

そこへアイリスがやってきました。

アイリスはリリーのそばで、水《みず》の妖《よう》精《せい》の新《あたら》しい発《はつ》明《めい》について話《はな》しはじめました。

アイリスがしきりに、水《みず》の妖《よう》精《せい》たちが考《かんが》えた歌《うた》う泉《いずみ》や、おしゃべりをする小川《おがわ》のことを話《はな》しているあいだ、リリーは種《たね》をじっと見《み》つめたまま、作《さ》業《ぎょう》をつづけました。

発《はつ》明《めい》を成《せい》功《こう》させるには、集中力《しゅうちゅうりょく》が必《ひつ》要《よう》です。

ふと気《き》づくと、アイリスは話《はな》すのをやめて、もどかしそうに両《りょう》手《て》をぎゅっとにぎりしめています。

「アイリス、どうしたの?」

リリーが手《て》をとめてアイリスの顔《かお》を見《み》ると、

「わたしたちはいったい、なにをしたらいいの? ほかの妖精《ようせい》たちは、みんな、すばらしい発明《はつめい》に挑戦《ちょうせん》してるっていうのに、植物《しょくぶつ》の妖精《ようせい》は、なにもしてないのよ!」

リリーはほほえんで、

「だいじょうぶよ、アイリス。なんとかなると思《おも》うわ。」

「なんとかなると思《おも》う、ですって? わたしのいってる意味《いみ》がわかってる? これは、植物《しょくぶつ》の妖精《ようせい》のプライドの問題《もんだい》よ!」

アイリスは、真剣《しんけん》な顔《かお》でつづけます。

「なにをしてるのか知《し》らないけど、そんな種《たね》をこねまわしてるひまがあったら、なにか発明《はつめい》でもしたらどうなの？

リリー、あなたなら、植物《しょくぶつ》の妖精《ようせい》の名誉《めいよ》のために、すばらしいアイディアを思《おも》いつけるはずよ。あなたは頭《あたま》がいいし、まぼろしといわれていたエバー・ツリーだって発見《はっけん》したんだもの！」

アイリスはいいたいことだけいうと、リリーの返事《へんじ》も聞《き》かずに、飛《と》びさってしまいました。

アイリスは、ほかの妖精《ようせい》たちの発明《はつめい》を気《き》にかけるあまり、リリーがなにをしているか、よく見《み》も、考《かんが》えもしなかったのです。

エバー・ツリーは、永遠《えいえん》に実《み》をみのらせる、ふしぎな木《き》で、大《おお》むかしはネバーランドじゅうにありましたが、いまは、リリーの庭《にわ》に一本《ぽん》あるだけです。リリーはぐうぜん、エバー・ツリーの種《たね》を見《み》つけて、みごとに育《そだ》てあげたのです。

（もし、わたしの発明《はつめい》がうまくいけば、この種《たね》は、ピクシー・ホロウじゅうのだれもがおどろく、すばらしい植物《しょくぶつ》になるはず。
そうすれば、アイリスの心配《しんぱい》も解決《かいけつ》だわ。)
リリーは胸《むね》のうちで確信《かくしん》していました。

3

この数日間《すうじつかん》、リリーは発明《はつめい》に夢中《むちゅう》でした。

ねむっているときも、新《あたら》しい植物《しょくぶつ》のことで頭《あたま》がいっぱいだったのでしょう。明《あ》け方《がた》、夢《ゆめ》のなかでとつぜん、ひらめきました。

「ミラクルパンジー！」

リリーは花《はな》の天蓋《てんがい》つきのベッドからはねおきると、

「そうよ！　フェアリーダストの魔法《まほう》の力《ちから》で生《う》まれ変《か》わったパンジーだもの。この花《はな》を、ミラクルパンジーってよぶことにしよう。」

リリーは葉《は》っぱの紙《かみ》のきれはしに「ミラクルパンジー」と書《か》くと、のびをしました。

窓《まど》から見《み》える空《そら》は、ほんのり白《しら》みかけてきたところで、いつも起《お》きる時《じ》刻《こく》よりずっとまえでした。

もうすこし寝《ね》ようとベッドに横《よこ》になりましたが、興奮《こうふん》のあまり目《め》がさえてねむれません。

リリーはベッドから飛《と》びだすと、服《ふく》に着《き》かえて帽子《ぼうし》をつかみ、

「いまこそ、わたしの発明《はつめい》した小《ちい》さな種《たね》が思《おも》ったとおりに育《そだ》つかどうか、ためすときだわ！」

期待《きたい》に羽《はね》をふるわせて、自分《じぶん》の庭《にわ》に飛《と》んでいきました。

木々《きぎ》のあいだから、夜明《よあ》けの光《ひかり》がさしこみはじめています。

リリーは物置小屋《ものおきごや》から庭仕事《にわしごと》の道具《どうぐ》とじょうろをとりだすと、種《たね》が入《はい》ったガラスの小《こ》びんをポケットに入《い》れて、庭《にわ》のかたすみの、問題《もんだい》の一画《いっかく》に行《い》

きました。

種《たね》をまくまえに、緑色《みどりいろ》の小《こ》びんをポケットからとりだし、目《め》の前《まえ》にかざして、はげましました。

「わたしのかわいい種《たね》たち。じょうぶに、そして、幸《しあわ》せに育《そだ》つのよ。」

それから声《こえ》をひそめて、やさしく、

「だいじょうぶ、あなたたちは、きっと美《うつく》しい花《はな》になる。信《しん》じてるわ。」

リリーはびんから手《て》のひらにひとにぎりの種《たね》をのせ、砂《すな》っぽい土《つち》にまくと、じょうろでたっぷり水《みず》をやりました。

(楽《たの》しみだわ。でも、ほんとうにうまくいくかしら?)

期待《きたい》と不安《ふあん》が入《い》りまじり、そわそわと庭《にわ》を行《い》ったり来《き》たり。

ふだんはとても辛抱強《しんぼうづよ》いリリーですが、このときばかりは、じっとまっていることができませんでした。

なにか、気《き》をまぎらわすことが必要《ひつよう》です。

（だれかとおしゃべりでもして、時間《じかん》をつぶそう。まだちょっと早《はや》いけど、きっとだれか起《お》きてるわ。）

リリーは残《のこ》りの種《たね》が入《はい》った小《こ》びんにコルクのせんをすると、またポケットに入《い》れて、ホーム・ツリーに飛《と》んでいきました。

（もし、ティンクに会《あ》って、この発明《はつめい》のことをうちあけたら、なんていうかしら……。）

ホーム・ツリーのロビーには、まだ、だれもいませんでした。

（えーと、ほかに、だれかと会《あ》えそうな場所《ばしょ》は……？）

リリーが考《かんが》えていると、リンピアが通《とお》りかかりました。

リンピアは両手《りょうて》にテーブルクロスのたばをかかえ、ランドリー・ルームに行《い》くところでした。

「リンピア！」

リリーはリンピアのあとを追《お》うと、

「ねえ、聞《き》いて！」

リンピアは、テーブルクロスの重《おも》みでよろめきながらふりかえり、肩越《かたご》しに、

「リリー、今朝《けさ》はずいぶん早起《はやお》きね。

なにか、あったの？」

「じつはね、新《あたら》しい植物《しょくぶつ》の種《たね》をつくったの。

あなたの漂白洗剤《ひょうはくせんざい》とおなじくらい、すてきな発明《はつめい》になるかもしれないわ。」

リリーは種《たね》の入《はい》った小《こ》びんを、洗濯物《せんたくもの》をたたむテーブルの上《うえ》に置《お》くと、

「ほら、見《み》て。この小《ちい》さな種《たね》が、すばらしい花《はな》になるのよ。

ミラクルパンジーって名《な》づけたの。」

「やったわね、リリー！」

リンピアはガラスびんがならんでいるたなから、小《ちい》さなびんを持《も》ってく

ると、いたずらっぽいほほえみをうかべながら、ウインクをして、
「でも、そのミラクルパンジーとやら、わたしの漂白洗剤《ひょうはくせんざい》みたいに、すばらしい発明《はつめい》になるかしら？」
そういってコルクのせんをぬき、手《て》のひらの上《うえ》に、砂《すな》つぶのように小《ちい》さな茶色《ちゃいろ》い石《いし》を出《だ》してみせました。
「わたしたち、この漂白洗剤《ひょうはくせんざい》を、いろんなもので実験《じっけん》してみたの。」

リンピアは、たたんだ洗濯物《せんたくもの》を手《て》にとると、

「ほら、こんなに真《ま》っ白《しろ》なクモの糸《いと》のレース、見《み》たことないでしょう？」

ほんとうに、リンピアのいうとおりでした。

シーツもテーブルクロスも真《ま》っ白《しろ》に洗《あら》いあげられ、ランドリー・ルームの窓《まど》からさしこむ朝日《あさひ》を反射《はんしゃ》して、まぶしいほどです。

漂白洗剤《ひょうはくせんざい》で洗《あら》って、きれいにたたんで積《つ》みあげられた洗濯物《せんたくもの》は、どれもこれも、新品《しんぴん》のように、いや、新品《しんぴん》よりも白《しろ》いくらいでした。

「はいはい、あなたの洗剤《せんざい》のすばらしさは、よーくわかりました。」

リリーはわらいながら、テーブルに置《お》いた小《こ》びんを手《て》にとると、

「わたしの小《ちい》さな発明品《はつめいひん》は、まだ実験《じっけん》のとちゅうだけど……、もし、成功《せいこう》したら、きっとあなたも、びっくりするはずよ。

期待《きたい》しててね！」

4

リンピアとわかれたあと、リリーは中庭《なかにわ》でシルバーミストに会《あ》って、しばらく立《た》ち話《ばなし》をしました。

それからキッチンに行《い》って、軽《かる》く朝食《ちょうしょく》をとりました。

種《たね》をまいてから、二時間《じかん》近《ちか》くになります。

(そろそろ、なにか変化《へんか》が起《お》きてるかも……。)

庭《にわ》にもどったリリーは、自分《じぶん》の目《め》をうたがい、ぼうぜんと立《た》ちつくしました。

信《しん》じられません！

さっき種《たね》をまいたときには土《つち》がむきだしになっていた場所《ばしょ》が、まるで、ぶあついじゅうたんをしいたように、むらさきや黄色《きいろ》やピンクの小《ちい》さな花《はな》で、びっしりうめつくされているではありませんか！

こんなにはやく生長《せいちょう》しただけでもおどろきでしたが、さらにびっくりしたことは、あたりにあった木《き》の皮《かわ》やドングリの上《うえ》に落《お》ちた種《たね》からも芽《め》が出《で》て、花《はな》を咲《さ》かせていることでした。

発明《はつめい》は大成功《だいせいこう》です。

リリーは、これまでにない、まったく新《あたら》しい種《たね》を生《う》みだしたのです。

リリーの期待《きたい》どおり、ミラクルパンジーの種《たね》は、ほかの植物《しょくぶつ》が育《そだ》たない土《つち》にも、みごとに根《ね》づきました。

いいえ、期待以上《きたいいじょう》です。

土《つち》だけでなく、木《き》の皮《かわ》やドングリなど、どこでも育《そだ》つ種《たね》だなんて、夢《ゆめ》にも思《おも》いませんでした。

（この種《たね》を使《つか》えば、ピクシー・ホロウをもっと美《うつく》しくできるわ。）

垣根《かきね》や木《き》の幹《みき》……、そして石《いし》にも、ミラクルパンジーの花《はな》が咲《さ》いているようすを想《そう》像《ぞう》すると、よろこびがこみあげてきます。

「バンブル！　バンブル！」

リリーは、スイカズラの花《はな》のまわりを飛《と》んでいるバンブルに手《て》まねきをして、

「見《み》て、これを！」

バンブルは飛《と》んでくると、うれしそうにミラクルパンジーの花《はな》のなかに飛《と》びこみました。

バンブルは花《はな》の美《うつく》しさに感《かん》激《げき》したのかもしれません。あるいは、ただ

たんに、新《あたら》しい花《はな》の蜜《みつ》を味見《あじみ》したかっただけかもしれません。

「わたしのちっちゃな、かわいい種《たね》たち！」

リリーは地面《じめん》にひざまずくと、両手《りょうて》でミラクルパンジーの花《はな》をだきよせました。

「よくがんばったわね。元気《げんき》に育《そだ》ってくれてありがとう！」

リリーの胸《むね》は誇《ほこ》らしさで、はちきれそうでした。

ホーム・ツリーのてっぺんの枝《えだ》から大声《おおごえ》で、この発明《はつめい》の成功《せいこう》を、みんなに知《し》らせたいくらいです。

なにより、一刻《いっこく》もはやくほかの植物《しょくぶつ》の妖精《ようせい》たちに教《おし》えたくて、うずうずしてきました。

ちょうどそのとき、庭《にわ》のむこうをアイリスが通《とお》りかかり、庭《にわ》のはしの木《き》戸《ど》のところからさけびました。

「リリー、ニュースよ！　井戸《いど》のそばの、さみしがりやの花《はな》が、双子《ふたご》のつぼみをつけたんですって！」

「アイリス！」

リリーもさけびかえすと、

「ちょうどいいところに来《き》てくれたわ。わたしの、ミラクルパンジーを見《み》て……。」

そういったときには、アイリスはもう、飛《と》んでいってしまったあとでした。

むりもありません。

さみしがりやの花《はな》は、ピクシー・ホロウでもっともめずらしい花《はな》のひとつで、一年《ねん》に五日間《いつかかん》しか花《はな》を咲《さ》かせません。

ふつう、一本《ぽん》の茎《くき》に花《はな》はひとつだけですが、ごくまれに、二つの花《はな》をつけることがあるのです。

このまえ、双子《ふたご》のさみしがりやの花《はな》を見《み》たのはいつだったか、植物《しょくぶつ》の妖《よう》精《せい》たちでさえはっきり覚《おぼ》えていないほど、むかしのことでした。

リリーはため息《いき》をついて、アイリスが飛《と》んでいった方角《ほうがく》とミラクルパンジーの花《はな》を、かわるがわる見《み》ました。

双子《ふたご》のさみしがりやの花《はな》は見《み》のがしたくありませんが、ミラクルパンジーのそばからも離《はな》れたくありません。

（ミラクルパンジーは、わたしがもどってくるまでここでまってくれるけど、双子《ふたご》の花《はな》は、こんどはいつ見《み》られるかわからないし……。）

まよったすえ、リリーは、さみしがりやの花《はな》がある井戸《いど》へと飛《と》びたちました。

「バンブル！　いっしょに行《い》く？」

肩越《かたご》しによびかけると、バンブルは羽《はね》をブンブンいわせながら、ついてきました。

リリーは、ポケットに入《い》れた種《たね》の小《こ》びんをたしかめながら、

（井戸《いど》にはきっと、植物《しょくぶつ》の妖精《ようせい》たちがたくさん集《あつ》まってるから、みんなに発明《はつめい》のことを話《はな》せそう。）

リリーとバンブルは井戸《いど》の近《ちか》くで、アイリスに追《お》いつきました。

井戸《いど》のそばには、ロゼッタ、ブルーベル、ファーン、アスター、ほかにも何人《なんにん》か、植物《しょくぶつ》の妖精《ようせい》たちがいて、緑色《みどりいろ》の長《なが》い茎《くき》に二つの赤《あか》いつぼみをつけた花《はな》にむらがっています。

バンブルは、さみしがりやの花《はな》の前《まえ》に飛《と》んでいくと、二つのふくらんだつぼみをじっと観察《かんさつ》して、リリーのそばのヒナギクにとまりました。

「アイリス！　リリー！」

ロゼッタがいいました。

「まにあって、よかったわ！　まだ、なんの変化《へんか》もないけど、いまにも咲《さ》きそうな感《かん》じよ。」

「それじゃあ……、花《はな》が咲《さ》くのをまってるあいだに、わたしの話《はなし》を聞《き》いて。

じつは、発明《はつめい》についてなんだけど……。」
リリーはそういって、新《あたら》しい種《たね》づくりに挑戦《ちょうせん》して、「ミラクルパンジー」がみごとに花《はな》を咲《さ》かせたことまでを、みんなに話《はな》しました。
リリーがポケットから種《たね》の小《こ》びんをとりだすと、バンブルはリリーの発明《はつめい》を自慢《じまん》するように、びんのまわりをブンブン飛《と》びまわりました。

「ドングリにも根《ね》づいたですって？」

アスターが信《しん》じられないという顔《かお》でいうと、ロゼッタも、

「木《き》の皮《かわ》にも？」

リリーはうなずくと、

「たぶん、どこにでも植《う》えられると思《おも》うわ。

いい、見《み》てて？」

石《いし》でできた井戸《いど》のふちに小《こ》びんを置《お》いて、コルクのせんをとり、

「きっと、石《いし》にも花《はな》が咲《さ》くはずよ。」

みんなが興味《きょうみ》しんしんで、リリーをとりかこみます。

バンブルも仲間《なかま》入《い》りをしようと、アスターとブルーベルのあいだにわりこんだとき、バンブルの羽《はね》がアスターのベルトにはさまりました。

バンブルがあわてて、力《ちから》いっぱい体《からだ》を引《ひ》くと……。

とつぜん羽《はね》がベルトからぬけて、バンブルは前《まえ》のめりに宙《ちゅう》に飛《と》びだし、いきおいよくガラスの小《こ》びんにぶつかりました。

「あっ！」

リリーはとっさに手《て》をのばして、びんをつかもうとしましたが、びんは、リリーの指《ゆび》をすりぬけて……。

井戸《いど》のなかに、ポチャン！

リリーはぼうぜんとして、水《みず》にしずんでいくびんの底《そこ》を見《み》つめました。

ブ〜ン、ブ〜ン……。

バンブルが悲《かな》しげな音《おと》をたてて、井戸《いど》のふちにおりたちます。

リリーは、ふわふわした毛《け》でおおわれたバンブルの背中《せなか》をなでながら、

「バンブル、わかってるわ。わざとやったんじゃないのよね。だいじょうぶよ。もういちど、つくりなおすから。」

とはいったものの、種《たね》はすべて井戸《いど》に落《お》ちてしまったし、つくり方《かた》もメ

モしてありません。

種《たね》のつくり方《かた》を正確《せいかく》に思《おも》いだせる自信《じしん》はありませんでしたが、リリーは笑顔《えがお》を見《み》せて、明《あか》るくいいました。

「また種《たね》をつくって、こんどこそ、わたしのミラクルパンジーを披露《ひろう》するから、楽《たの》しみにしてて。」

「期待《きたい》してるわ。」

ロゼッタがいうと、アイリスが、さみしがりやの花《はな》を指《ゆび》さして、

「あっ、ほら、見《み》て見《み》て！　花《はな》が咲《さ》く！」

みんなが注目《ちゅうもく》するなか、二つのつぼみが同時《どうじ》に、ゆっくりと開《ひら》きはじめました。

開《ひら》きかけた赤《あか》い花《はな》びらの内側《うちがわ》が、金色《きんいろ》にぎらぎらかがやいています。

まるで、真《ま》っ赤《か》な朝焼《あさや》けの空《そら》に金色《きんいろ》の太陽《たいよう》がのぼっていくようです。

その神秘的《しんぴてき》な美《うつく》しさに、リリーは目《め》を見《み》はりました。

（見《み》のがさなくてよかった。
でも、ここに来《こ》なければ、せっかくの種《たね》をうしなうこともなかった……。）

5

リリーは、つぎの日《ひ》から三日間《みっかかん》たてつづけに、朝食《ちょうしょく》もとらず、朝起《あさお》きるとまっすぐ庭《にわ》に行《い》きました。

ミラクルパンジーの種《たね》づくりにいそがしく、ティールームで、みんなとおしゃべりをしながら朝食《ちょうしょく》を楽《たの》しむよゆうがなかったのです。

二度目《どめ》と三度目《どめ》につくった種《たね》は失敗《しっぱい》でした。

そして今朝《けさ》は、四度目《どめ》の挑戦《ちょうせん》をしていました。

二回《かい》の失敗《しっぱい》の原因《げんいん》はなにか、最初《さいしょ》の種《たね》とどこがちがっていたのか考《かんが》えながら、パンジーの種《たね》と水《みず》とスパイスをまぜあわせ、フェアリーダストをふりかけます。

そのとき、灰色《はいいろ》の雲《くも》が太陽《たいよう》の光《ひかり》をさえぎりました。

リリーは空《そら》を見《み》あげて、

（すこし雨《あめ》がふってくれると助《たす》かるんだけど……。）

井戸《いど》からくんできた水《みず》はすべて、種《たね》づくりに使《つか》ってしまいました。

アサガオ、ポピー、スズラン、スミレ、それに、チドリソウやスイートピー……、ほかの植物《しょくぶつ》たちも水《みず》をほしがっています。

考《かんが》えてみれば、この三日間《みっかかん》、リリーは種《たね》づくりにかかりきりで、庭仕事《にわしごと》をほとんどしていませんでした。

（種《たね》をまいたら、すこしミラクルパンジーのことはわすれて、午前中《ごぜんちゅう》は、ほかの植物《しょくぶつ》たちの世話《せわ》をしてすごそう。）

できあがった種《たね》をまきおえると、リリーは何度《なんど》も井戸《いど》と庭《にわ》を往復《おうふく》して、すべての植物《しょくぶつ》にたっぷり水《みず》をやりました。

それから雑草《ざっそう》をぬいて、のびてきたアサガオのツルがまきやすいように棒《ぼう》を立《た》て、かれた葉《は》をとり、肥料《ひりょう》をまきました。

バンブルは、庭《にわ》を行《い》ったり来《き》たりしているリリーのあとについて、花《はな》に頭《あたま》をつっこんでは蜜《みつ》を飲《の》んでいます。

リリーがスイートピーに話《はな》しかけてはげましていると、ロゼッタがやってきました。

ロゼッタは左手《ひだりて》を腰《こし》にあて、右手《みぎて》で葉《は》っぱでくるんだ小《ちい》さなつつみをさしだすと、

「リリー、これを食《た》べなさい！」

しかるように、いいました。

「仕事熱心《しごとねっしん》なのはいいけど、やりすぎよ。三日《みっか》も朝食《ちょうしょく》に来《こ》ないなんて。」

そういわれてリリーは、おなかがぺこぺこなことに気《き》づきました。

「ええ、そうね。でも……、」

「はいはい、わかってますとも。」

ロゼッタは、にっこりほほえんで、

「新《あたら》しい種《たね》づくりに夢中《むちゅう》で、食事《しょくじ》をする時間《じかん》もおしいんでしょう?」

葉《は》っぱのつつみをひろげると、厚切《あつぎ》りのスグリパン

を二切《ふたき》れ、リリーに手《て》わたしました。

「とにかく、いま、あなたに必要《ひつよう》なのは、これよ。」

リリーは、ありがたくスグリパンをほおばると、口《くち》をもぐもぐさせなが
ら、

「うむ……おいしい……ありがと……ロゼッタ……。」

あっというまに二切《ふたき》れともたいらげて、ひしゃく一杯《ぱい》の水《みず》で流《なが》しこみ、

「ああ、元気《げんき》が出《で》たわ。」

と、ため息《いき》をつきました。

「それは、よかった。」

ロゼッタはリリーの体《からだ》に腕《うで》をまわして、顔《かお》を近《ちか》づけると、

「聞《き》くのが、ちょっとこわいような気《き》もするけど……。

どうなの？　新《あたら》しい種《たね》は、うまくいってる？」

リリーは、がっくりと肩《かた》をおとすと、

「かんたんにはいかないの。ちょっと、見《み》てくれる？」

そういって、ロゼッタを、カエデの木《き》の下《した》の苔《こけ》がはえているところにつれていきました。

苔《こけ》の上《うえ》に、小《ちい》さな種《たね》がたくさんちらばっています。

「ごらんのとおり、二番目《ばんめ》につくった種《たね》は、まったく根《ね》づかなかったわ。」

リリーは、むこうに見《み》える、岩《いわ》がごつごつしているところに雑草《ざっそう》のようにおいしげっている植物《しょくぶつ》を指《ゆび》さして、

「三番目《ばんめ》の種《たね》は、岩場《いわば》に根《ね》づいたのはいいけど、育《そだ》ちすぎ。生長《せいちょう》がとまらないの。たぶん、スパイスを入《い》れすぎたんだと思《おも》う。

そして、四番目《ばんめ》の種《たね》は……、」

そういいながら、さっき種《たね》をまいた物置小屋《ものおきごや》に行《い》くと……。

目《め》の前《まえ》の光景《こうけい》に、息《いき》をのみました。

おどろきのあまり、ことばも出《で》ません。

ロゼッタも宙《ちゅう》にとまったまま、あんぐりと口《くち》をあけています。

物置小屋《ものおきごや》の屋根《やね》やかべに色《いろ》とりどりの小《ちい》さな花《はな》が咲《さ》きみだれ、まるで花《はな》がらの毛布《もうふ》をかけたようです。

物置小屋《ものおきごや》は大《おお》きな木《き》のかげにあり、リリーの庭《にわ》のなかでも、いちばん日《ひ》あたりの悪《わる》い場所《ばしょ》でした。

それにもかかわらず、むらさきや黄色《きいろ》やピンクの花《はな》が、色《いろ》あざやかに生《い》き生《い》きと、幸《しあわ》せそうに咲《さ》きほこっていました。

ロゼッタはミラクルパンジーが木《き》の板《いた》に根《ね》づいているのをたしかめると、信《しん》じられないというように、

「つまり、四番目《ばんめ》の種《たね》は……、」

「うまくいったみたいね！」

リリーはロゼッタのことばをしめくくると、満面《まんめん》の笑《え》みをうかべて、

「こんどは、種《たね》のつくり方《かた》を、ちゃんとメモしておいたわ！」

「リリー、すごい、すごいわ！」

ロゼッタは興奮《こうふん》して、宙《ちゅう》にはねあがると、

「この種《たね》を使《つか》って、どんなことができるか、考《かん》えただけでもワクワクする。」

ロゼッタのことばに、リリーも興奮《こうふん》に目《め》をかがやかせてうなずきました。

「ねえ、いったいどうやって、この種《たね》を……というか……、どうして、この種《たね》は……、」

ロゼッタはいいかけて口《くち》をつぐむと、深呼吸《しんこきゅう》をして、

「聞《き》きたいことは山《やま》ほどあるけど、まず最初《さいしょ》に知《し》りたいのは……、」

「なあに？」

ロゼッタはリリーのそばに飛《と》んでくると、とびきりチャーミングな笑顔《えがお》で、ぱちぱちまばたきをして、たずねました。

「わたしたちにも、この種《たね》をわけてくれる？」

6

リリーはロゼッタに、まだ、ほかの人《ひと》に種《たね》をあげることはできないと説《せつ》明《めい》しました。

「もちろん、いずれはみんなにも種《たね》をわけて、有効《ゆうこう》に使《つか》ってもらいたいと思《おも》ってるけど、もうすこし時間《じかん》をかけて、ほんとうに成功《せいこう》したのかどうか、確認《かくにん》してからでないと……。」

けれどロゼッタは成功《せいこう》を確信《かくしん》して、みんなにわけるべきだといって、ゆずりません。

「ぜったいに、だいじょうぶよ。あなたがためらっているなら、わたしがみんなにわけるから、種《たね》をあずけて。

ねっ、いいでしょう？　お願《ねが》い！」

とうとうリリーもロゼッタの熱意《ねつい》に負《ま》けて、ロゼッタに種《たね》をあずけることにしました。

「ただし、わけるのは、とりあえず植物《しょくぶつ》の妖精《ようせい》だけにしてね。そして、もし、なにか問題《もんだい》が起《お》きたら、ほかの才能《さいのう》グループにわけないで、わたしに知《し》らせること。」

リリーは、自分《じぶん》のつくった種《たね》でピクシー・ホロウじゅうの妖精《ようせい》たちをさわがせておきながら、結局《けっきょく》は思《おも》ったほどの発明《はつめい》ではなかったと、みんなをがっかりさせるのがいやだったのです。

リリーはその日《ひ》の午後《ごご》を自分《じぶん》の庭《にわ》で、こんどの種《たね》は成功《せいこう》かどうか、ためすためにすごしました。

種《たね》を丸太《まるた》のうろのなかにまき、庭《にわ》の入《い》り口《ぐち》のそばにつるしてあるランタンにふりかけ、小枝《こえだ》で編《あ》んだバスケットに投《な》げ入《い》れ……。

植物《しょくぶつ》の名前《なまえ》を書《か》いたふだ、それから、庭仕事用《にわしごとよう》の手袋《てぶくろ》にも。

それらのことごとくに、ミラクルパンジーは根《ね》づきました。

そして、おどろくべきはやさで生長《せいちょう》し、花《はな》を咲《さ》かせたのです。

（ロゼッタや、ほかの植物《しょくぶつ》の妖精《ようせい》にわけた種《たね》は、どうなったかしら？いまのところ、だれも、なにもいってこないけど……。）

結果《けっか》をたしかめたくて、うずうずします。

リリーは、まず、アスターの庭《にわ》に行《い》ってみました。

「リリー！」

アスターはリリーのすがたを見《み》ると、庭《に》仕事《しごと》の手《て》をとめて、

「あなたの種《たね》、驚異的《きょういてき》だわ！」

リリーは、アスターの庭《にわ》を見《み》まわしました。

あちこちにミラクルパンジーが咲《さ》きみだれ、アスターが庭《にわ》仕事《しごと》に使《つか》っている金属製《きんぞくせい》の道具《どうぐ》にまで花《はな》が咲《さ》いています。

「ぜひ、もっとたくさん、種《たね》をわけてほしいわ。」

アスターは期待《きたい》をこめて、いいました。

ブルーベルの庭《にわ》も、ミラクルパンジーの花《はな》でいっぱいでした。

ブルーベルは、色《いろ》とりどりの花《はな》でおおわれた敷石《しきいし》を指《ゆび》さして、

「あんまりきれいに咲《さ》いてるので、敷石《しきいし》の上《うえ》を歩《ある》けないわ。」

リリーは、ロゼッタの庭《にわ》にむかうとちゅうで、ホーム・ツリーの根《ね》に

水《みず》をまいているアイリスを見《み》かけました。

ホーム・ツリーの水《みず》やりは植物《しょくぶつ》の妖精《ようせい》の役目《やくめ》ですが、アイリスは、もう長《なが》いあいだ、この仕事《しごと》をしていませんでした。

アイリスもリリーに気《き》づくと、

「わたしが植物《しょくぶつ》の世話《せわ》をしてるなんて、おどろいた？」

かつてはアイリスも、自分《じぶん》の庭《にわ》をもっていました。

以前《いぜん》、アイリスはリリーに、

「わたしだって、ほかの植物《しょくぶつ》の妖精《ようせい》に負《ま》けないくらい植物《しょくぶつ》を愛《あい》しているけれど、みんなのように本能的《ほんのうてき》に、あたりまえのこととして植物《しょくぶつ》を育《そだ》てることができない。」

と、うちあけたことがありました。

アイリスは、うまく植物《しょくぶつ》を育《そだ》てるために、水《みず》やりの時間《じかん》や日《ひ》あたりのことなどをあれこれ書《か》きとめているうちに、実際《じっさい》に植物《しょくぶつ》を育《そだ》てるよりも、植《しょく》物《ぶつ》についての知識《ちしき》を記録《きろく》することに夢中《むちゅう》になってしまいました。

いまでは、植物《しょくぶつ》ノートがアイリスの庭《にわ》がわりなのです。

「でもね、リリー。」

アイリスはかばんから、植物《しょくぶつ》ノートをとりだしました。

ノートの表紙《ひょうし》が、小《ちい》さな花《はな》でおおわれています。

アイリスは得意《とくい》げに、

「このミラクルパンジーなら、わたしにも育《そだ》てられそう！」

リリーの光《ひかり》は、よろこびにひらめきました。

種《たね》がノートにまで花《はな》を咲《さ》かせたこともうれしいけれど、それ以上《いじょう》に、アイリスがふたたび、植物《しょくぶつ》を育《そだ》てることを楽《たの》しんでいることがうれしかったのです。

ロゼッタはリリーがやってきたのを見《み》ると、大《おお》よろこびで庭《にわ》の入《い》り口《ぐち》までむかえにきて、

「見《み》てほしいものがあるの！」

と、リリーの手《て》をとりました。

ロゼッタはリリーを庭《にわ》のすみにつれていくと、カーテンをあけるように、おいしげっているツルバラのしげみをかきわけました。

しげみのむこうには小《ちい》さな池《いけ》があり、そこは、ロゼッタのお気《き》に入《い》りの場《ば》所《しょ》でした。

リリーは池《いけ》を見《み》て、びっくり。

ミラクルパンジーの花《はな》が、水面《すいめん》をうめつくしています！

「この花《はな》、ほんとうに、どこにでも育《そだ》つわ！」

ロゼッタがいいました。

リリーはよろこびで胸《むね》がいっぱいになり、大《おお》きなため息《いき》をつきました。

まちがいありません、発明《はつめい》は大成功《だいせいこう》です！

リリーはようやく、ピクシー・ホロウじゅうの妖精《ようせい》たちにミラクルパンジーの種《たね》をわける決心《けっしん》がつきました。

その日《ひ》の夕食《ゆうしょく》では、それぞれのテーブルのまんなかに、とくべつな花《はな》かざりが置《お》かれました。

植物《しょくぶつ》の妖精《ようせい》は全員《ぜんいん》、はやめにティールームにやってきて、自分《じぶん》たちのテーブルについて、みんなをまちました。

このテーブルかざりを見《み》たら、みんなは、どんな反応《はんのう》をするでしょう？　しずかに、なにくわぬ顔《かお》をしていようとしても、おもわずクスクス笑《わら》いがこぼれます。

やがて、おなかをすかせた妖精《ようせい》やスパロー・マンが、ぞろぞろとティールームにやってきました。

「このテーブルかざりは、なに？」

光《ひかり》の妖精《ようせい》のテーブルでフィラが声《こえ》をあげると、水《みず》の妖精《ようせい》のテーブルでも

シルバーミストが、

「いったい、どうなってるの？　この花《はな》、ほんとうに……、」

シルバーミストのことばをラニーがひきとって、

「石《いし》からはえてるの？」

それは、いままで見《み》たこともない花《はな》かざりでした。両手《りょうて》で持《も》てるくらいの石《いし》の表面《ひょうめん》に、むらさきや黄色《きいろ》やピンクの花《はな》が咲《さ》いているのです。

動物《どうぶつ》の妖精《ようせい》のテーブルではフォーンが石《いし》を持《も》ちあげ、底《そこ》を調《しら》べて、ふしぎそうな顔《かお》をしています。

これがだれのしわざか、最初《さいしょ》に勘《かん》づいたのはティンクでした。

ティンクは、金《かな》もの修理《しゅうり》の妖精《ようせい》のテーブルに置《お》いてあった花《はな》かざりを持《も》って、植物《しょくぶつ》の妖精《ようせい》のテーブルにやってくると、

「あなたたち、これについて、なにか知《し》ってるんでしょう？」

アスターはクスクス笑《わら》いをおしころし、ブルーベルはいまにもわらいだ

しそうです。ロゼッタはくちびるをかんで、必死《ひっし》に笑《わら》いをこらえています。

ついにたえきれず、だれかがふきだすと、植物《しょくぶつ》の妖《よう》精《せい》たちはいっせいに、大声《おおごえ》でわらいだしました。

リリーはようやく笑《わら》いがおさまると、ティンクを見《み》て、

「ええ、知《し》ってるわ。」

誇《ほこ》らしさに、つまさきから頭《あたま》のてっぺんまでかがや

かせていいました。

「わたしたちがつくったの。」

「リリーが新《あたら》しい種《たね》を発明《はつめい》したのよ。」

ロゼッタがつけくわえると、アスターも、

「ミラクルパンジーっていうの。どこにでも根《ね》づいて、育《そだ》つのよ！」

「ほんとに？」

ティンクはうたがわしそうに、

「どこにでも？」

リリーが答《こた》えようとすると、

「ほんとですとも。」

ファーンがさきどりして、いいました。

「庭仕事用《にわしごとよう》の手《て》おし車《ぐるま》にも花《はな》を咲《さ》かせたわ。」

アイリスも、

「わたしの植物《しょくぶつ》ノートにだって！」

ロゼッタも、

「それに、水面《すいめん》にまで！」

植物《しょくぶつ》の妖精《ようせい》たちはつぎつぎと、花《はな》が咲《さ》いた場所《ばしょ》をあげつらねます。

リリーはふと、ティンクが手《て》にしている花《はな》かざりに目《め》をとめました。

（あら、どうしたのかしら？）

葉《は》が二、三枚《まい》、色《いろ》あせています。

ティールームに運《はこ》んできたときは、どの花《はな》かざりも、色《いろ》もかたちもかんぺきで、葉《は》も青々《あおあお》としていました。

リリーはちょっと考《かんが》えて、

（たぶん、水《みず》が足《た》りないんだわ。）

「ねっ、わかったでしょう、ティンク。」

ロゼッタが得意《とくい》そうに、いいました。

ことが。

「植物《しょくぶつ》の妖精《ようせい》にだって、すばらしいアイディアを生《う》みだす能力《のうりょく》があるってティンク、あなたがこんどは、どんな発明《はつめい》をするか、楽《たの》しみにしてるわ！」

もちろんロゼッタは、ティンクが、ほかの妖精《ようせい》たちの才能《さいのう》や能力《のうりょく》を否定《ひてい》するつもりで、「すばらしいアイディアを考《かんが》えだすのは、金《かな》もの修理《しゅうり》の妖《よう》精《せい》の仕事《しごと》」といったのではないと、わかっていました。

でも、負《ま》けずぎらいティンクのこと。きっとまた、なにか新《あたら》しい発明《はつめい》を考《かんが》えはじめるでしょう。

「ええ、びっくりするような、すごい発明《はつめい》をしてみせるわ。覚悟《かくご》してらっしゃい！」

ティンクはそういうと、くるりと向《む》きを変《か》えて飛《と》びさりました。

リリーが思《おも》ったとおりの、いかにもティンクらしい反応《はんのう》でした。

7

翌朝《よくあさ》、リリーが目《め》をさますと、色《いろ》とりどりのミラクルパンジーの花《はな》が目《め》にとびこんできました。

ゆうべのテーブルかざりをいくつか、部屋《へや》に持《も》ちかえったのです。

(みんな、すごく感動《かんどう》してたわ!

クラリオン女王《じょおう》だって二回《かい》も、しげしげとテーブルかざりを見《み》つめてた。)

ゆうべのことを思《おも》いだすと、よろこびと誇《ほこ》らしさがよみがえり、全身《ぜんしん》が明《あか》るくひらめきました。

リリーは、ひとつのテーブルかざりの上《うえ》に身《み》をかがめて、

「いい子《こ》ね、上出来《じょうでき》よ！」

花《はな》によびかけたとき、色《いろ》あせている葉《は》があるのに気《き》づきました。

（これは、ゆうべ、ティンクが持《も》っていたテーブルかざり……？）

顔《かお》を近《ちか》づけて、もういちど、よく見《み》ると……。

何枚《なんまい》かの葉《は》は、色《いろ》あせているのを通《とお》りこして、灰色《はいいろ》になっていました。

不安《ふあん》になって、ほかのテーブルかざりも調《しら》べてみると、ほとんどすべてに数枚《すうまい》ずつ、色《いろ》あせた葉《は》がありました。

いちばんひどいものは、茎《くき》までが灰色《はいいろ》のまだらになっています。

リリーはいすにすわって、窓越《まどご》しに、自分《じぶん》の庭《にわ》のほうをながめました。

庭《にわ》のミラクルパンジーは、だいじょうぶでしょうか？

リリーは、いますぐにでも、見《み》にいきたい衝動《しょうどう》にかられました。

（ううん、たぶん、たいしたことじゃないわ。

種《たね》のまき方《かた》が悪《わる》かっただけかもしれない。

じゃなかったら、ミラクルパンジーは室内《しつない》が好《す》きじゃないのかも。

あるいは、石《いし》にはむいてないとか……?)

そう思《おも》っても、やはり心配《しんぱい》で、たしかめずにはいられません。

リリーは庭《にわ》に飛《と》んでいくと、庭《にわ》じゅうのミラクルパンジーを調《しら》べてまわりました。

最初《さいしょ》に種《たね》をまいた砂《すな》っぽい土《つち》の一画《いっかく》からはじめて、物置小屋《ものおきごや》まで。ひとつひとつ調《しら》べるたびに、リリーの心《こころ》はしずんでいきました。

どれもこれも、テーブルかざりとおなじような状態《じょうたい》です。

むしろ、庭《にわ》のミラクルパンジーのほうがひどいくらいでした。

(病気《びょうき》?

それにしてはおかしいわ。色《いろ》のほかは、なんの問題《もんだい》もないんだもの。花《はな》も葉《は》っぱも、みずみずしくて元気《げんき》だし、しおれてもいない。ただ、色《いろ》だけがあせて、灰色《はいいろ》っぽくなってる……。）

リリーが思《おも》いなやんでいると、バンブルが、すみかにしているポピーの花《はな》から飛《と》んできました。

リリーはちらっとバンブルを見《み》て、ミラクルパンジーに目《め》をもどし、

「いったい、なにが原因《げんいん》だと思《おも》う？　あんなに青々《あおあお》としていた葉《は》っぱに、なにが起《お》きたのかしら？」

そういって大《おお》きなため息《いき》をつくと、ドスンと入《い》り口《ぐち》のところにすわりこみました。

（なにもかも、順調《じゅんちょう》だと思《おも》ったのに……。）

でも、落《お》ちこんでいるわけにはいきません。

リリーは立《た》ちあがると、すぐそばのミラクルパンジーに、明《あか》るくいいました。

「だいじょうぶよ。きっと原因《げんいん》をつきとめてあげる。

すぐにまた、もとどおりになるからね！」

その日一日《いちにち》、リリーは心《こころ》をこめて、ミラクルパンジーの世話《せわ》をしました。

フェアリーダストをたっぷりふりかけてあげたり、花《はな》びらの裏側《うらがわ》をくすぐって、いっしょに遊《あそ》んだり。

夕方《ゆうがた》、ホーム・ツリーに帰《かえ》るまえには、とくべつに水《みず》やりもしました。

つぎの日《ひ》の朝《あさ》、リリーは早起《はやお》きをしました。

(よくなってるといいけど……。)

期待《きたい》しながら庭《にわ》に行《い》ってみると……。

「そんな!」

リリーはおもわず、さけびました。

ミラクルパンジーは、よくなっているどころか、さらに悪《わる》くなっていたのです。

葉《は》っぱだけでなく、花《はな》びら全体《ぜんたい》が色《いろ》あせている株《かぶ》もたくさんありました。

リリーはこの日《ひ》も、いっしょうけんめい、ミラクルパンジーの世話《せわ》に明《あ》け暮《く》れました。

発明《はつめい》が成功《せいこう》したとか失敗《しっぱい》したとかは、もはや、どうでもいいことでした。

ただミラクルパンジーが心配《しんぱい》で、なんとかして、あの美《うつく》しい色《いろ》をとりもどしてあげたい一心《いっしん》でした。

水《みず》やりをして、花《はな》をはげまして、雑草《ざっそう》をぬいて……。光《ひかり》の妖精《ようせい》にたのんで、色《いろ》あせた花《はな》に、とくべつに光《ひかり》をあててもらったりもしました。

リリーはバンブルと夕日《ゆうひ》を見《み》ながら、つぶやきました。

「あしたは、よくなってるといいけど……。」

リリーの努力《どりょく》と願《ねが》いもむなしく、つぎの日《ひ》もミラクルパンジーは、さらに悪《わる》くなっていきました。

すべての株《かぶ》が灰色《はいいろ》になってしまい、あんなにあざやかだった、むらさきや黄色《きいろ》やピンクは、あとかたもありません。

リリーは暗《くら》い気持《きも》ちで、庭《にわ》を見《み》まわしました。

いまやリリーは、この数日間《すうじつかん》、口《くち》に出《だ》すことはもちろん、あえて考《かんが》えないようにつとめてきたことを、みとめざるをえませんでした。

リリーはあらゆる植物《しょくぶつ》を愛《あい》し、ところかまわずはえてくる雑草《ざっそう》をもいとおしく思《おも》っています。ミラクルパンジーの色《いろ》あせは、そんなリリーでさえ、手《て》のほどこしようがないほどひどくなりつつありました。

それでもリリーは、あきらめるつもりはありませんでした。

アドバイスをもとめにロゼッタの庭《にわ》に行《い》くと、ロゼッタはキンギョソウの苗《なえ》の世話《せわ》をしているところでした。

「ロゼッタ、聞《き》きたいことがあるんだけど……。

あなたのミラクルパンジーに、なにか変化《へんか》はない？」

「それって……、色《いろ》がなくなっちゃったことをいってるの？」

ロゼッタの返事《へんじ》に、リリーはびっくり。

ロゼッタはリリーの手《て》をとって、

「とにかく見《み》てちょうだい。」

そういって、リリーを池《いけ》に連《つ》れていきました。

水面《すいめん》にただよっているミラクルパンジーは、どれもこれも灰色《はいいろ》になっています。濃《こ》い灰色《はいいろ》、うすい灰色《はいいろ》、なかには、ほとんど白《しろ》っぽいものもありました。

「あなたのもなの？」

リリーがくぜんとつぶやくと、ロゼッタは気《き》の毒《どく》そうにうなずいて、

「アスターとブルーベルのも、それに、ファーンとアイリスのもよ。」

「なんですって⁉　どうして、わたしに知《し》らせてくれなかったの？」

「急激《きゅうげき》な変化《へんか》じゃなくて、二日《ふつか》くらいまえからすこしずつ、色《いろ》があせていったから。

みんながだまってたのは、あなたに心配《しんぱい》をかけたくなかったからよ。あなたのミラクルパンジーはだいじょうぶだろうと思《おも》ったの……。」

リリーはうめき声《ごえ》をあげて、両手《りょうて》で頭《あたま》をかかえました。

ショックと失望《しつぼう》が、大波《おおなみ》のようにおしよせてきます。

ロゼッタは、そっとリリーの腕《うで》にふれると、

「だいじょうぶよ、リリー。みんなで協力《きょうりょく》して、原因《げんいん》をつきとめましょう。きっともとどおりにできるわ。」

リリーは顔《かお》をあげると、なんとか笑顔《えがお》をつくり、

「そうね。発明《はつめい》だの挑戦《ちょうせん》だのは、もう、どうでもいいわ。なんとかして、みんなもとどおりにしてあげたい、ただそれだけ。」

「あなたの気持《きも》ち、よくわかるわ。ミラクルパンジーを愛《あい》してるのよね。」

リリーはうなずいて、

「わたしは植物《しょくぶつ》に、元気《げんき》で、幸《しあわ》せに育《そだ》ってほしいの。元気《げんき》という点《てん》では、ミラクルパンジーは問題《もんだい》ないように思《おも》えるわ。しおれても、かれてもいない。でも、あの美《うつく》しい色《いろ》がなかったら……。」

そういうと、ため息《いき》をつきました。

「ここのところ、ミラクルパンジーにかまけていて、ほかの植物《しょくぶつ》の世話《せわ》をほとんどしてないの。きっとみんな、さみしがってるわ。」

ロゼッタは、帰《かえ》りがけにリリーの庭《にわ》によるとやくそくしてくれました。

リリーが自分《じぶん》の庭《にわ》にもどろうとしたとき、

「きゃっ！」

ロゼッタが小《ちい》さな悲鳴《ひめい》をあげました。

ロゼッタはキンギョソウの葉《は》を指《ゆび》さして、

「リリー、見《み》て！　色《いろ》がうすくなってると思《おも》うのは、わたしだけ？

これって、まるで……。」

「色《いろ》あせたミラクルパンジーの葉《は》っぱとそっくり！

信《しん》じられない！」

リリーがあぜんとしていると、ロゼッタはキンポウゲを指《ゆび》さして、

「これもだわ！」

ロゼッタのいうとおり、キンポウゲの茎《くき》の下半分《したはんぶん》が灰色《はいいろ》になっています。

こんどはリリーが、花《はな》びらまでも色《いろ》あせているアヤメを見《み》つけて、

「これもよ！

なんてこと！　いったいぜんたい、どうしたっていうの!?」

ミラクルパンジーと、なにか関係《かんけい》があるのでしょうか？

リリーは、そうとは思《おも》いたくありませんでした。

（ほかの庭《にわ》は？）

リリーはさっそく、植物《しょくぶつ》の妖精《ようせい》の庭《にわ》をたずねてまわりました。

そして、そのたびに、不安《ふあん》は確信《かくしん》に変《か》わっていきました。

ファーンは、ラベンダーの茎《くき》に灰色《はいいろ》の斑点《はんてん》があるのを見《み》つけたといって、大《おお》さわぎをしていました。

アスターの庭《にわ》のシダレヤナギは白《しろ》っぽく色《いろ》あせ、アスターは心配《しんぱい》のあまり、シダレヤナギよりも青白《あおじろ》い顔《かお》をしていました。

ブルーベルのツタは元気《げんき》にツルをのばしていましたが、下半分《したはんぶん》が真《ま》っ白《しろ》になっていました。

リリーが自分《じぶん》の庭《にわ》にもどって調《しら》べると、やはり、たくさんの花《はな》が色《いろ》あせかけています。

リリーはドサッと、落《お》ちるように切《き》り株《かぶ》におりると、両手《りょうて》で頭《あたま》をかかえました。

（わたしのミラクルパンジーは、かんぺきじゃなかった。

そればかりか、ほかの植物《しょくぶつ》にまで、おなじことが起《お》きてる。

いったい、なにが悪《わる》いの？

もしかして……、伝染病《でんせんびょう》？）

8

二日後《ふつかご》。

リリーは灰色《はいいろ》になった花《はな》が咲《さ》く物置小屋《ものおきごや》のまんなかにすわり、じっと考《かんが》えこんでいました。

もう何時間《なんじかん》も、こうして考《かんが》えているのですが、なにひとつわかりません。

トントン！

ノックの音《おと》に、リリーはびくっと、とびあがりました。

トントン！

リリーがドアをあけて顔《かお》をのぞかせると、芸術《げいじゅつ》の妖精《ようせい》のスカーレットとアズールが立《た》っていました。

「仕事中《しごとちゅう》に悪《わる》いんだけど……。」

アズールがいいました。

「ロゼッタから、リリーは、花《はな》の病気《びょうき》の原因《げんいん》を調《しら》べてるって聞《き》いたけど。」

(この二日間《ふつかかん》で、うわさがひろまってるのね。)

リリーは思《おも》いました。

スカーレットがせきばらいをして、えんりょがちに、

「えーと……、あの、じつは、オレンジ色《いろ》のえのぐがなくなっちゃったの。それで、あなたの庭《にわ》なら、オレンジの花《はな》があるかと思《おも》って。」

「そうすれば、えのぐがつくれるから。」

アズールがつけくわえます。

リリーは物置小屋《ものおきごや》から出《で》ると庭《にわ》を見《み》まわして、顔《かお》をしかめました。

物置小屋《ものおきごや》にいたこの数時間《すうじかん》で、さらに花《はな》の色《いろ》がうせたような気《き》がします。

いまやリリーの庭《にわ》は、白黒写真《しろくろしゃしん》のようでした。

わずかにうっすらと、緑《みどり》やピンクやふじ色《いろ》のなごりが感《かん》じられますが、オレンジ色《いろ》は、あとかたもありません。

リリーは肩《かた》をすくめると、

「ごらんのとおりよ。

ほんとうに、オレンジ色《いろ》のえのぐは、ぜんぜんないの？」

アズールがうなずいて、

「この数日《すうじつ》、新《あたら》しい花《はな》がまったく手《て》に入《はい》らないのよ。」

リリーは、ため息《いき》をつきました。

植物《しょくぶつ》の妖精《ようせい》の庭《にわ》から色《いろ》とりどりの花《はな》がなくなってしまったら、芸術《げいじゅつ》の妖《よう》精《せい》は、えのぐをつくることができないのです。

「ほかの植物《しょくぶつ》の妖精《ようせい》の庭《にわ》に行《い》って、聞《き》いてみたら？」

「ええ、行《い》ってみたわ。どこも、あなたの庭《にわ》と似《に》たりよったりだった。」

スカーレットの答《こた》えに、リリーは羽《はね》をおとして、心《こころ》のなかでつぶやきました。

（わたしのせい？）

これは、ロゼッタの庭《にわ》で、色《いろ》あせたキンギョソウを最初《さいしょ》に見《み》たときから、ずっと思《おも》っていたことでした。

リリーがミラクルパンジーを発明《はつめい》するまでは、なにも変《か》わったことはなかったのです。

最初《さいしょ》にミラクルパンジーの色《いろ》があせはじめ、いまでは庭全体《にわぜんたい》が灰色《はいいろ》になってしまいました。

植物《しょくぶつ》の色《いろ》がきえてしまったこととミラクルパンジーとは、なにか関係《かんけい》があるにちがいありません。

そして、このことは、もはや植物《しょくぶつ》の妖精《ようせい》だけの問題《もんだい》ではなくなってきました。スカーレットとアズールがたずねてきたのが、その証拠《しょうこ》です。

（花《はな》の色《いろ》がきえたことで、ほかの妖精《ようせい》グループにまで迷惑《めいわく》がおよんでいるんだわ。）

そう思《おも》ったとたん、リリーははげしい後悔《こうかい》におそわれて、どうしていいのかわからなくなりました。

リリーはじだんだふみながら、

「ああ、あんな種《たね》をつくったりするんじゃなかった！」

スカーレットもアズールも、こんなにとりみだしているリリーを見《み》るのは、はじめてでした。

リリーは、ピクシー・ホロウの妖精《ようせい》のなかでいちばんといっていいほど、おだやかで冷静《れいせい》な妖精《ようせい》なのです。

「心配《しんぱい》しないで、リリー。」

スカーレットがいいました。

「なんとかなるわ。」

とつぜんの感情《かんじょう》の爆発《ばくはつ》がおさまって平静《へいせい》さをとりもどすと、べつの考《かんが》えがうかんできて、リリーは不安《ふあん》になりました。

（芸術《げいじゅつ》の妖精《ようせい》がえのぐをきらせているように、ほかの妖精《ようせい》たちもこまっているんじゃないかしら？）

それをたしかめるには、ホーム・ツリーをまわって、自分《じぶん》の目《め》で見《み》てくるしかありません。

リリーは、病気《びょうき》の花《はな》たちのそばを離《はな》れたくありませんでしたが、ミラクルパンジーがひきおこしたトラブルをたしかめる責任《せきにん》があります。

「原因《げんいん》がわかって解決《かいけつ》したらすぐに、オレンジ色《いろ》の花《はな》をとどけるわ。」

リリーはスカーレットとアズールにそういって、ホーム・ツリーに飛《と》びたちました。

ホーム・ツリーに着《つ》くと、リリーはキッチンの窓《まど》をのぞきました。

キッチンでは、パンとお菓子《かし》づくりの妖精《ようせい》たちが、パンケーキをつくっています。

「なんですって？」

ダルシーの声《こえ》が聞《き》こえました。

「カラフルな色《いろ》のアイシングがない？　それじゃあ、白《しろ》いケーキしかつくれないじゃないの！　見《み》ばえがしないわ。」

パンとお菓子《かし》づくりの

妖精《ようせい》も、染料《せんりょう》がなくてこまっているのです。

（ああ、やっぱり！）

不安《ふあん》が的中《てきちゅう》して、リリーは胃《い》がきゅっとなりました。

（でも、気《き》を強《つよ》くもって、ちゃんとたしかめなくちゃ。）

ホーム・ツリーをまわりこみ、ティールームの窓《まど》をのぞくと、かざりつけの妖精《ようせい》たちが夕食《ゆうしょく》のしたくをしていました。

かざりつけの妖精《ようせい》たちは気《き》のりしないようすで、花《か》びんに白《しろ》と灰色《はいいろ》の花《はな》をいけています。

「色《いろ》がなくて、さみしいわ。」

ひとりの妖精《ようせい》がいいました。

「でも、しかたないわね。これでも、ロゼッタの庭《にわ》でいちばん明《あか》るい花《はな》をさがしてきたんだから。」

こんどは上《うえ》の階《かい》へ行《い》って、裁縫部屋《さいほうべや》をのぞきました。

窓越《まどご》しに、タックとテイラーという裁縫《さいほう》の妖精《ようせい》が、花《はな》びらのドレスをぬっているのが見《み》えます。

「最新《さいしん》の流行色《りゅうこうしょく》は灰色《はいいろ》だと思《おも》うわ。」

タックがいうと、テイラーがわらいながら、

「そりゃそうよ、灰色《はいいろ》の花《はな》しかないんだもの。」

涙《なみだ》がこみあげてきて、リリーはその場《ば》を離《はな》れました。

みんな、リリーをせめることもなく、それぞれにベストをつくして、せいいっぱい仕事《しごと》をしていました。

ピクシー・ホロウから色《いろ》あざやかな花《はな》がなくなったら、きれいなドレスも、カラフルなタルトやケーキもつくれません。美《うつく》しい絵《え》や陶器《とうき》を生《う》みだすこともできません。

リリーは最後《さいご》に、芸術《げいじゅつ》の妖精《ようせい》のようすを見《み》にいきました。

日《ひ》あたりのいいアトリエで、芸術《げいじゅつ》の妖精《ようせい》たちはドライフラワーを使《つか》って

えのぐをつくり、ピンチを切《き》りぬけようとしていました。

でも、ピクシー・ホロウでいちばんの画家《がか》と評判《ひょうばん》のベスは、うかない顔《かお》です。

「やっぱりドライフラワーじゃ、新鮮《しんせん》な花《はな》のようにはいかないわ。」

ベスはうしろにさがって、描《か》きかけの絵《え》を見《み》つめると、

「色《いろ》にめりはりがなくて、ぼけた感《かん》じ。」

リリーはずっしりと重《おも》い心《こころ》でホーム・ツリーのてっぺんに飛《と》んでいくと、枝《えだ》に腰《こし》をおろし、ひざにひじをついて、両手《りょうて》で頭《あたま》をかかえました。

ここからは、ピクシー・ホロウ全体《ぜんたい》が見《み》わたせます。

リリーは、ところどころ、灰色《はいいろ》になっている場所《ばしょ》を見《み》つめました。

そう、植物《しょくぶつ》の妖精《ようせい》たちの庭《にわ》です。

「どうして、こんなことになっちゃったのかしら？」

リリーは自分《じぶん》に問《と》いかけました。

「わたしはピクシー・ホロウを、もっと美《うつく》しくしたかっただけなのに……。

こんなつもりじゃなかった！」

（わたしのせいで、たくさんの妖精《ようせい》が迷惑《めいわく》をこうむっているのに、わたしには、なんの解決策《かいけつさく》もない……。）

そのとき、ホーム・ツリーの葉《は》が一枚《まい》、風《かぜ》にひらひらまいながら近《ちか》くに飛《と》んできました。

それを見《み》てリリーはこおりつき、心臓《しんぞう》がとまりそうになりました。

（こんなこと、ありえないわ！　見《み》まちがいよ！）

リリーは枝《えだ》のはしに飛《と》んでいくと、目《め》をこらして、おいしげっている葉《は》を見《み》つめました。

（あれは……黄色《きいろ》？　それとも茶色《ちゃいろ》？　灰色《はいいろ》じゃないわよね！）

必死《ひっし》に思《おも》いこもうとしても、むだでした。

どう見《み》ても灰色《はいいろ》です。

リリーはぜったいにみとめたくありませんでしたが、まぎれもない事実《じじつ》でした。

ホーム・ツリーが！　ピクシー・ホロウでいちばんたいせつな木《き》が、色《いろ》をうしないはじめているのです！

9

リリーは、弾丸《だんがん》のようにホーム・ツリーの枝《えだ》から飛《と》びたちました。

(ピクシー・ホロウじゅうの植物《しょくぶつ》から色《いろ》がきえてしまうまえに、なんとかしなくては!)

まず、どこへ行《い》けばいいのか、リリーには、はっきりわかっていました。

リリーは中庭《なかにわ》からホーム・ツリーのロビーをぬけて、らせん階段《かいだん》をのぼり……、あるドアの前《まえ》にやってきました。

ノックをすると、ドアがあきました。

「いますぐ、女王《じょおう》に……、お会《あ》いしたいの。」

息《いき》をきらせながらいうと、女王《じょおう》づきの妖精《ようせい》のリーアが、クラリオン女王《じょおう》の居間《いま》に案内《あんない》してくれました。

リリーは女王《じょおう》のそばにすわって、一部始終《いちぶしじゅう》をうちあけました。

話《はなし》の内容《ないよう》は、女王《じょおう》づきの妖精《ようせい》たちにはわかりませんでした。

女王《じょおう》とリリーは一時間以上《じかんいじょう》も話《はな》しあいました。


その日《ひ》の夕方《ゆうがた》。

夕食《ゆうしょく》が終《お》わると、女王《じょおう》は、ティールームにいる妖精《ようせい》たち全員《ぜんいん》に、中庭《なかにわ》に集《あつ》まるようにと告《つ》げました。

妖精《ようせい》たちはなにごとかと、ざわざわ中庭《なかにわ》に出《で》ていきます。

横目《よこめ》でちらちらリリーを見《み》ている妖精《ようせい》もいます。

その視線《しせん》に、リリーの光《ひかり》はピンクにそまりました。

でも、この数日間《すうじっかん》の苦《くる》しみを思《おも》えば、どんなことでもたえられるような気《き》がしました。

全員《ぜんいん》が中庭《なかにわ》にそろうと、

「しずかに！」

女王《じょおう》が大《おお》きな声《こえ》でいいました。

「みなさんも、もう知《し》っていると思《おも》いますが、植物《しょくぶつ》の妖精《ようせい》たちの庭《にわ》で、異《い》変《へん》が起《お》きています。

なぜか、植物《しょくぶつ》の色《いろ》がきえてしまったのです。」

女王《じょおう》は、となりに立《た》っているリリーを見《み》て、

「リリーが、このことについて、みなさんに話《はな》したいそうです。全員《ぜんいん》で知恵《ちえ》を出《だ》しあえば、解決《かいけつ》できるかもしれません。」

そういうと、はげますように、リリーをうながしました。

みんながリリーを見《み》つめています。

リリーは緊張《きんちょう》で、胃《い》がしめつけられるようでした。

リリーは深呼吸《しんこきゅう》をすると目《め》をとじて、

(みんながわたしのことをどう思《おも》うかは考《かんが》えずに、ありのままを話《はな》そう。)

自分《じぶん》にいいきかせて目《め》を開《ひら》き、これまでのいきさつを、できるだけ簡潔《かんけつ》に話《はな》しはじめました。

新《あたら》しい種《たね》のアイディアを思《おも》いついたこと。それから、どんなことが起《お》きて、どのように植物《しょくぶつ》が色《いろ》をうしなっていったのか……。

そして、最後《さいご》に、いちばんかんじんで、いちばんつらいことを話《はな》さなければなりません。

リリーはことばを区切《くぎ》ると、空《そら》をあおぎました。

まっすぐにみんなの目《め》を見《み》ることができなかったのです。

「さ、さ、さらに、悪《わる》いことには……。」

声《こえ》がふるえ、涙《なみだ》があふれそうです。

リリーはもういちど深呼吸《しんこきゅう》をすると、一気《いっき》に、

「ホーム・ツリーまでも、色《いろ》あせはじめています。」

中庭《なかにわ》に衝撃《しょうげき》が走《はし》りました。

妖精《ようせい》にとってホーム・ツリーは、たんに自分《じぶん》たちが住《す》んでいる木《き》というだけではありません。妖精《ようせい》の世界《せかい》の中心《ちゅうしん》であり、ピクシー・ホロウのシン

ボルなのです。

リリーは、まわりのざわめきに負《ま》けないように声《こえ》をはりあげて、

「どうしてこんなことが起《お》きたのか、わたしは、ずっと考《かんが》えつづけてきました。この場《ば》で、原因《げんいん》を明《あ》かすことができればいいのですが……。

それはできません。まだ、わからないんです。

だから、だからもし、みんなにわかることがあれば、教《おし》えてほしいと思《おも》って……。」

リリーの声《こえ》はだんだん小《ちい》さくなって、きえていきました。

みんなもしずまりかえり、中庭《なかにわ》は重苦《おもくる》しい沈黙《ちんもく》につつまれました。

リリーはその場《ば》を離《はな》れると、小石《こいし》に腰《こし》をおろして、だれかが、なにかいってくれるのをまちました。

たとえ、聞《き》くのがつらいようなことでも、みんながなにを考《かんが》えているのか、知《し》りたかったのです。

でも、だれひとり口《くち》を開《ひら》く人《ひと》はいません。

ゴン、ゴン！

カラーン！

とつぜん大《おお》きな音《おと》がして、みんないっせいに音《おと》のほうを見《み》ました。

ホーム・ツリーの玄関側《げんかんがわ》にいた妖精《ようせい》たちが、うしろをふりむいて、道《みち》をあけます。

洗濯《せんたく》の妖精《ようせい》のリンピアとブリーズです。

二人《ふたり》は、金属《きんぞく》でできた大《おお》きな洗濯《せんたく》おけをひきずりながら、よろよろ中庭《なかにわ》のまんなかに飛《と》んでくると、大《おお》きな音《おと》をたてて洗濯《せんたく》おけを置《お》きました。

「クラリオン女王《じょおう》、おそくなって、すみません。」

リンピアがあえぎあえぎいうと、女王《じょおう》は洗濯《せんたく》おけを見《み》て、

「おくれたのには、なにか理由《りゆう》があるようですね。」

「ええ、そうなんです！

とにかく、これを見《み》てください。」

リンピアとブリーズは、とても興奮《こうふん》しているようでした。

「わたしたち夕食《ゆうしょく》まえに、この毛布《もうふ》を洗《あら》ってたんです。」

二人《ふたり》は洗濯《せんたく》おけの上《うえ》にかがみこむと、それぞれ毛布《もうふ》のはしを持《も》ち、

「ちょっと用事《ようじ》があってランドリー・ルームにもどったら、信《しん》じられないようなことが……。」

そういって、ぬれた毛布《もうふ》をひろげました。

「うわぁ！」

妖精《ようせい》たちはおどろきの声《こえ》をあげて、目《め》を見《み》はりました。

毛布《もうふ》の片側半分《かたがわはんぶん》が、色《いろ》とりどりの小《ちい》さな花《はな》でおおわれていたのです！

10

「あの、あざやかなむらさきを見《み》て！」
ベスが、仲間《なかま》の芸術《げいじゅつ》の妖精《ようせい》にいいました。
妖精《ようせい》たちはみんな、久《ひさ》しぶりに色《いろ》あざやかな花《はな》を見《み》て大《おお》よろこび。
手《て》をたたいている妖精《ようせい》もいます。
でも、植物《しょくぶつ》の妖精《ようせい》たちだけは、とまどったような顔《かお》をしていました。
なかでも、いちばんとまどっているのは、リリーでした。
リリーは、その花《はな》がなんの花《はな》か知《し》っていたからです。

そう、ミラクルパンジーです！

リリーは、前《まえ》に進《すす》みでると、

「リンピア、どこでミラクルパンジーの種《たね》を手《て》に入《い》れたの？」

リンピアは首《くび》を横《よこ》にふって、

「種《たね》なんか使《つか》ってないわ。使《つか》ったのは、水《みず》と、わたしが発明《はつめい》した漂白洗剤《ひょうはくせんざい》だけよ。

ほら、これ。」

と、緑色《みどりいろ》のガラスの小《こ》びんをかかげてみせました。

「毛布《もうふ》を洗《あら》うために、新《あたら》しいびんをあけたの。」

リンピアは女王《じょおう》のほうをむくと、

「どうしてかはわからないけど、わたしの漂白洗剤《ひょうはくせんざい》は、洗濯物《せんたくもの》のよごれやしみをおとすだけじゃなくて、花《はな》も咲《さ》かせたんです！」

リリーは毛布《もうふ》を手《て》にとって、花《はな》をよく見《み》ました。

むらさきと黄色《きいろ》とピンクの花《はな》は毛布《もうふ》に根《ね》づき、リリーの庭《にわ》で最初《さいしょ》に花《はな》を咲《さ》かせたときとおなじように美《うつく》しく、あざやかでした。

「これは、たしかにミラクルパンジーだと思《おも》うけど……。」

リリーはリンピアを見《み》ると、

「毛布《もうふ》を洗《あら》うのに、ミラクルパンジーの種《たね》を使《つか》わなかったのは、たしかなのね？

もしかしたら……、植物《しょくぶつ》の妖精《ようせい》のだれかが、ポケットかなんかに種《たね》を入《い》れたまま服《ふく》を洗濯《せんたく》に出《だ》したんじゃないかしら？

そうよ、そうに決《き》まってるわ。じゃなかったら、洗濯物《せんたくもの》に種《たね》がまざるわけがないもの。」

リリーは植物《しょくぶつ》の妖精《ようせい》たちを見《み》て、

「だれか、心《こころ》あたりはない？」

植物《しょくぶつ》の妖精《ようせい》たちは、だまって肩《かた》をすくめました。

みんなもリリーとおなじように、このふしぎなできごとに頭《あたま》を悩《なや》ませているようでした。

「毛布《もうふ》は、ほかの洗濯物《せんたくもの》といっしょには洗《あら》わなかったわ。」

リンピアがいいました。

「とにかく、使《つか》った漂白洗剤《ひょうはくせんざい》のびんは、ランドリー・ルームの洗剤《せんざい》のたなにあったものだし。いつもどおりよ。」

リリーは、わけがわからなくなりました。

この花《はな》は、どう見《み》てもミラクルパンジーです。

でも、リンピアのいうこともすじが通《とお》っています。

(いったいどうして、種《たね》が洗濯物《せんたくもの》にまぎれこんだのかしら?

リンピアとは、もう何日《なんにち》も会《あ》ってないし……。)

ほかの妖精《ようせい》たちが花《はな》を見《み》ようと集《あつ》まってきたので、リリーはうしろにさがって、記憶《きおく》をたどりはじめました。

はじめてミラクルパンジーの種《たね》をまいたときの興奮《こうふん》を思《おも》いだして、リリーはため息《いき》をつきました。

もう、ずっとまえのことのように思《おも》えます。

リリーは、まいた種《たね》がどうなるか、期待《きたい》と不安《ふあん》でじっとしていられなくて、時間《じかん》つぶしにホーム・ツリーに行《い》ったのでした。

（ちょっとまって！　たしか、あのとき、残《のこ》りの種《たね》が入《はい》っているびんをポケットに……。

緑色《みどりいろ》のガラスの小《こ》びん！）

一気《いっき》に記憶《きおく》がよみがえってきました。

（そして、リンピアに種《たね》を見《み》せたんだわ！　わたしが種《たね》のびんをテーブルに置《お》いて、リンピアが漂白洗剤《ひょうはくせんざい》を見《み》せてくれて……。

そうか！　だとしたら、なにもかもつじつまがあう！）

リリーは女王《じょおう》のところへ飛《と》んでいくと、

「クラリオン女王《じょおう》、わかりました！」

自分《じぶん》でもびっくりするほど大《おお》きな声《こえ》でさけびました。

「すべて説明《せつめい》します！」

女王《じょおう》はおどろいて、リリーを見《み》つめました。

中庭《なかにわ》に集《あつ》まっていた妖精《ようせい》たちもおしゃべりをやめて、リリーに注目《ちゅうもく》しています。

もう、いくらみんなに見《み》つめられても平気《へいき》でした。

「わたし、はじめて種《たね》をまいたとき、種《たね》を持《も》って、ホーム・ツリーに行《い》ったんです。そしてリンピアに会《あ》って、ランドリー・ルームに行《い》きました。」

リリーはリンピアを見《み》て、

「覚《おぼ》えてる、リンピア？　わたしの種《たね》のびんと、あなたの漂白洗剤《ひょうはくせんざい》のびんは、そっくりだった。」

リンピアは思《おも》いだしながらゆっくりうなずくと、はっと息《いき》をのんで、

「リリー！　つまり、こういうこと？

あのとき、二つのびんが入《い》れかわった……？」

リンピアも、リリーとおなじことに思《おも》いあたったのです。

「そのとおり！」

リリーはにっこり。

リンピアは持《も》っていた毛布《もうふ》のはしをブリーズにわたすと、さっきの小《こ》びんを目《め》のまえにかかげ、眉間《みけん》にしわをよせてじっと見《み》つめました。

びんのなかの小《ちい》さな茶色《ちゃいろ》いつぶは、一見漂白洗剤《いっけんひょうはくせんざい》のように見《み》えますが、じつはちがいます。

ミラクルパンジーの種《たね》なのです。

リンピアがガラスびんをさしだすと、リリーは期待《きたい》と不安《ふあん》で興奮《こうふん》しながら、羽《はね》をパタパタさせてうけとりました。

リリーはコルクのせんをぬいて、手《て》のひらに茶色《ちゃいろ》いつぶをのせました。

リリーの目《め》には、やはりミラクルパンジーの種《たね》のように見《み》えましたが、ほんとうにそうなのか、たしかめる方法《ほうほう》はただひとつ。

リリーは洗濯《せんたく》おけのそばにしゃがむと、まわりの妖精《ようせい》たちを見《み》あげて、

「いい？　見《み》てて。」

そういって、地面《じめん》に茶色《ちゃいろ》いつぶをまきました。

ミラクルパンジーは、ふつうの植物《しょくぶつ》よりもはやく生長《せいちょう》しますが、いまは、さらにはやく、花《はな》を咲《さ》かせてもらわなければなりません。

それには、とくべつな助《たす》けと、はげましが必要《ひつよう》です。

リリーは、フェアリーダストをひとつまみふりかけると、顔《かお》を近《ちか》づけてささやきました。

「もし、あなたたちが、わたしの発明《はつめい》したかわいい種《たね》なら、大《おお》きくなってちょうだい。あなたたちを信《しん》じてるわ。」

リリーは、じっとまちました。

この茶色《ちゃいろ》いつぶは、はたして漂白洗剤《ひょうはくせんざい》なのか、ミラクルパンジーの種《たね》なのか、まわりで妖精《ようせい》たちも見《み》つめています。

クラリオン女王《じょおう》も、リリーのすぐそばに飛《と》んできました。

……なにも起《お》こりません。

リリーのかんちがいで、やはりこれは、漂白洗剤《ひょうはくせんざい》なのでしょうか？

リリーは目《め》をとじて、色《いろ》がなくなった庭《にわ》を思《おも》いだしました。

そして、芸術《げいじゅつ》の妖精《ようせい》やパンとお菓子《かし》づくりの妖精《ようせい》など、こまっている妖《よう》精《せい》たちのことを。

灰色《はいいろ》になりかけたホーム・ツリーの葉《は》っぱを。

「あなたたちなら、できる。」

心《こころ》を集中《しゅうちゅう》して、目《め》をとじたままもういちど、ささやきかけます。

「きっとできるわ。

さあ、芽《め》を出《だ》して。そして、大《おお》きくなって。
みんなに、あなたたちの美《うつく》しい花《はな》を見《み》せてあげてちょうだい。」
となりで女王《じょおう》が小《ちい》さな声《こえ》をあげたのを聞《き》いて、リリーはそっと目《め》を開《ひら》きました。
すると目《め》の前《まえ》に、あざやかなむらさきや黄色《きいろ》やピンクの花《はな》が……。
妖精《ようせい》たちがいっせいに

歓声《かんせい》をあげました。

リリーは満足《まんぞく》そうに、ほっとため息《いき》をつきました。

クラリオン女王《じょおう》はせきばらいをすると、

「洗濯物《せんたくもの》に花《はな》が咲《さ》いたわけは、わかりました。

でも、植物《しょくぶつ》の妖精《ようせい》たちの庭《にわ》から色《いろ》がなくなってしまったのは、なぜなのですか？」

「それにも、わけがあります。」

リリーはランドリー・ルームを出《で》てからのことを説明《せつめい》しました。

庭《にわ》にもどると、ミラクルパンジーの花《はな》が咲《さ》いていたこと。

それから、バンブルといっしょに、双子《ふたご》のさみしがりやの花《はな》を見《み》に、井《い》戸《ど》へ行《い》ったこと。

「そのときも、種《たね》のびんをポケットに入《い》れていました。といっても、種《たね》のびんだとわたしが思《おも》いこんでいた、漂白洗剤《ひょうはくせんざい》が入《はい》ったびんですけど。

とにかくみんなに、種《たね》がどこにでも根《ね》づくことを見《み》せたかったんです。」

「わかった！」

ロゼッタがさけびました。

「井戸《いど》のふちに置《お》いたびんにバンブルがぶつかって……、」

ロゼッタのとなりで、アイリスが頭《あたま》をかきながら、

「でも、あのびんは、じつはリリーの種《たね》じゃなくて……、」

「そう、井戸《いど》に落《お》ちたのは、リンピアの漂白洗剤《ひょうはくせんざい》だったってわけ！」

リリーは二人《ふたり》のことばをしめくくると、

「わたしたちはみんな、庭仕事《にわしごと》に井戸《いど》の水《みず》を使《つか》うわよね。

だから……。」

ひとり、またひとりと、植物《しょくぶつ》の妖精《ようせい》たちの顔《かお》が明《あか》るくなっていきました。

ほかの妖精《ようせい》たちは、まだ、よくわかっていないようでしたが、植物《しょくぶつ》の妖《よう》精《せい》は、かんぜんに理解《りかい》しました。

「わたしたちは庭《にわ》の植物《しょくぶつ》に、せっせと漂白洗剤入《ひょうはくせんざいい》りの井戸水《いどみず》をやって……。」

ブルーベルがいうと、アスターがひきとって、

「花《はな》を漂白《ひょうはく》しちゃったのね！」

植物《しょくぶつ》の妖精《ようせい》たちは、おたがいに顔《かお》を見《み》あわせて大笑《おおわら》い。

「リリー、最初《さいしょ》に色《いろ》あせはじめたのがミラクルパンジーだっただけで、色《いろ》がなくなったのは、ミラクルパンジーのせいじゃなかったのよ！」

ロゼッタのことばに、リリーの光《ひかり》が明《あか》るくひらめきました。

植物《しょくぶつ》の妖精《ようせい》たちの大《おお》さわぎを、ほほえんで見《み》ていたクラリオン女王《じょおう》がたずねました。

「では、なぜ、ホーム・ツリーの葉《は》まで色《いろ》あせてしまったのでしょう？」

すると、アイリスとファーンが同時《どうじ》に、

「それは、わたしが説明《せつめい》します。」

二人《ふたり》は顔《かお》を見《み》あわせて、また同時《どうじ》に、

「あなたが？　なんで!?」

「だって、わたしのせいだもの。」

アイリスがつづけます。

「わたし、何日《なんにち》かまえに井戸《いど》の水《みず》で、ホーム・ツリーの根《ね》に水《みず》やりをしたの。だって、ほら、ホーム・ツリーの水《みず》やりは、植物《しょくぶつ》の妖精《ようせい》の仕事《しごと》でしょう？」

すると、ファーンが、

「わたしもしたわ。

アイリス、あなた、もう何年《なんねん》もホーム・ツリーの水《みず》やりをしてなかったじゃないの。だから、あなたの当番《とうばん》のときはいつも、わたしがかわりにしてたの。」

つまり、ホーム・ツリーは、漂白剤《ひょうはくざい》入《い》りの水《みず》を二回《かい》もあびてしまったというわけです。

「これで、なぞはとけました。

まもなく、色《いろ》とりどりの美《うつく》しい庭《にわ》がよみがえるでしょう。」

クラリオン女王《じょおう》がいうと、中庭《なかにわ》は歓声《かんせい》につつまれました。

妖精《ようせい》たちは、ばらばらとホーム・ツリーに入《はい》っていきます。

リリーはみんなのあとについて飛《と》びながら、いますぐにでも庭仕事《にわしごと》をはじめたい気分《きぶん》でした。

水《みず》の妖精《ようせい》が、井戸《いど》の水《みず》をきれいにしてくれるでしょう。

（そして、花《はな》の色《いろ》がよみがえったら……。）

リリーは、ワクワクしながら思《おも》いめぐらせました。

（まっさきに芸術《げいじゅつ》の妖精《ようせい》に、オレンジ色《いろ》の花《はな》をとどけよう。それから、パンとお菓子《かし》づくりの妖精《ようせい》には、カラフルなアイシング用《よう》の黄色《きいろ》やピンクや青《あお》い花《はな》を。

きっと、色《いろ》とりどりのミラクルパンジーが、ピクシー・ホロウをさらに美《うつく》しくかざってくれるわ！）

それから二日後《ふつかご》。

リリーは自分《じぶん》の庭《にわ》で色《いろ》とりどりの花《はな》にかこまれ、やわらかい苔《こけ》の上《うえ》にねそべっていました。

かたわらのカエルの像《ぞう》には、ミラクルパンジーの花《はな》が咲《さ》いていています。

リリーはほほえんで、目《め》をとじました。

なにもかももとどおり。

ホーム・ツリーの葉《は》も、すっかり色《いろ》をとりもどしました。

リリーの庭《にわ》は、ほかの植物《しょくぶつ》が育《そだ》たないような場所《ばしょ》にもミラクルパンジーが花《はな》を咲《さ》かせ、以前《いぜん》にもまして美《うつく》しくなりました。

植物《しょくぶつ》たちも幸《しあわ》せそうです。

いまのリリーの望《のぞ》みは、この幸福感《こうふくかん》を満《まん》

喫《きっ》すること……。

「リリー！」

庭《にわ》の入《い》り口《ぐち》のほうで声《こえ》がして、リリーは目《め》をあけました。

ロゼッタです。

となりには、ティンクもいます。

リリーが飛《と》んでいって二人《ふたり》をむかえると、

「この新《あたら》しい服《ふく》、どう？　最新流行《さいしんりゅうこう》のファッションよ。」

ロゼッタはそういって、くるっとまわってみせました。

緑色《みどりいろ》のワンピースに、むらさき色《いろ》のミラクルパンジーが咲《さ》きみだれています。

「裁縫《さいほう》の妖精《ようせい》たちは、あなたの発明《はつめい》を使《つか》って、新《あたら》しいドレスづくりを楽《たの》しんでるわよ。」

「リリー、わたし、まちがってたみたい。

どんな才能《さいのう》グループも、自分《じぶん》たちの才能《さいのう》を使《つか》って、すばらしい発明《はつめい》ができるのね。」

ティンクはそういうと、うしろにかくしていた帽子《ぼうし》を見《み》せて、ロゼッタの頭《あたま》にのせました。

なんと、ミラクルパンジーでかざられた〝ホタルのライトハット〟です！

リリーはおもわず、声《こえ》をあげてわらってしまいました。

花《はな》のせいで、ティンクの偉大《いだい》な発明品《はつめいひん》が、こっけいに見《み》えます。

「いくらなんでも、その帽子《ぼうし》は、はやらないんじゃないかしら。すくなくともわたしは、いつもの、この帽子《ぼうし》でじゅうぶん。そして、発《はっ》明《めい》より、いままでどおり植物《しょくぶつ》の妖精《ようせい》の仕事《しごと》に専念《せんねん》するわ。」

リリーは、いままでになかった新《あたら》しいものをつくりだすワクワク感《かん》を味《あじ》わい、アイリスは植物《しょくぶつ》ノートに、新《あたら》しく、ミラクルパンジーのページを書《か》きくわえました。

いつかまた、新《あたら》しい植物《しょくぶつ》づくりに挑戦《ちょうせん》するかもしれません。

でも、いまは、美《うつく》しい自分《じぶん》の庭《にわ》で、顔《かお》にお日《ひ》さまの光《ひかり》をうけ、足先《あしさき》に芝生《しばふ》の生長《せいちょう》を、羽《はね》にさわやかなそよ風《かぜ》を感《かん》じながら、愛《あい》する植物《しょくぶつ》たちの世話《せわ》をすることが、リリーには、いちばんの幸《しあわ》せに思《おも》えました。

ブックデザイン　鈴木成一デザイン室

訳協力　今井有美

ディズニー フェアリーズ文庫
22
リリーのミラクルパンジー

2009年7月21日　第1刷発行
定価はカバーに表示してあります。

【作】
キキ・ソープ
【訳】
小宮山《こみやま》みのり
【絵】
ジュディス・ホームス・クラーク
&
アドリエンヌ・ブラウン
【発行者】
鈴木 哲
【発行所】
株式会社 講談社
〒112-8001 東京都文京区音羽2-12-21
電話 出版部03-3945-5703
販売部03-5395-3625　業務部03-5395-3615
【印刷所】
大日本印刷株式会社
【製本所】
大口製本印刷株式会社

N.D.C.933　141p　18cm　Printed in Japan　ISBN978-4-06-278322-4

ディズニー フェアリーズ文庫 好評発売中

1 ヴィディアときえた王冠
2 ティンカー・ベルの秘密
3 ベックとブラックベリー大戦争
4 リリーのふしぎな花
5 マーメイド・ラグーンのラニー
6 うそをついてしまったプリラ
7 ティンカー・ベルのチャレンジ
8 満月の夜のフィラ
9 ベスの最高傑作
10 海をわたったベック
11 ダルシーの幸せのケーキ
12 ラニーと三つの宝物
13 ティンカー・ベルとテレンス
14 呪われたシルバーミスト
15 ロゼッタの最悪な一日
16 きえたクラリオン女王
17 わなにかかったフォーン
18 イリデッサとティンクの大冒険
19 ベスと風変わりな友だち
20 マイカのとんだ災難
21 ヴィディアとはじめての友だち
22 リリーのミラクルパンジー

各巻 定価924円（税込み）
以下続刊予定